KB063571

우리는
우리를
잊지 못하고

일러두기

- 책 제목 '우리는 우리를 잊지 못하고'는 이제니 시인의 시집 『왜냐하면 우리는 우리를 모르고』에서 영감을 받았음을 밝힙니다. 사용을 허락해주신 이제니 시인님께 감사드립니다.

- 외국의 인명과 지명 등은 국립국어원 표기 원칙을 기준으로 했습니다. 단, 일부는 관용에 따라 예외를 두었습니다.

- 본문 속의 시점은 편지 쓴 시기를 기준으로 표기했습니다. 예를 들어 2018년에 쓴 편지 속 '10년 전'은 2008년을 의미합니다.

우리는
우리를
잊지 못하고

닿을 수 없는
그곳의 우리가

잊을 수 없는
오늘의 우리에게

김민철 지음

ᄤ창비
Media Changbi

편지가 도착했습니다.

한 통의 편지는 한 번의 여행.

단숨에 읽기보단 한 통씩 천천히 읽어 나가며

당신의 여행 기억을 떠올려보시길 권장합니다.

먼 시간, 먼 곳에서 부치는 여행

꿈을 꿨습니다. 공항으로 가는 버스 안이었어요. 오랜만에 떠나는 여행인지라 저는 퍽 신나 보였어요. 비행기표도 확인하고, 여권도 확인하던 중에 돌연 제 표정이 굳었습니다. 입을 다물고 뭔가를 골똘히 계산하기 시작했어요.

'휴가가 며칠 남은 거지? 2주나 남았을 리가 없는데. 돌아오면 2주 자가격리 해야 하는데? 나 며칠 동안 여행을 가는 거야? 설마 나, 자가격리 기간을 계산하지 않고 무책임하게 여행을 떠나는 건가? 설마 도착하자마자 하루도 못 자고 돌아오는 거야? 이 시기에 꼭 이렇게까지 가야 하는 거니?'

믿을 수 없겠지만, 꿈속에서 저는 자가격리 기간을 계산하면서 초조해하고 있었어요. 비행기는커녕, 공항에 도착하지도 못한 채로 꿈에서 깨어나고 말았어요.
이런 꿈을 몇 번이나 더 꾼 건지 모릅니다. 짐까지 다 싸서 집 밖으로 나가다가 깬 꿈도 있었고, 공항버스 정류장에 서서 버스는 타보지도 못하고 깬 꿈도 있었어요. 꿈을 거의 꾸지 않는 제가 반복해서 여행 꿈을 꾸고 있더라고요. 가장 억울한 건 단 한 번도, 꿈속에서라도, 여행에 성공한 적이 없다는 사실이었어요.

어느 날, 여행이 사라져버렸습니다. 누구도 예상하지 못한 순간에, 누구도 상상하지 못한 방식으로. 여행뿐만이 아니라 일상이 사라져버렸죠. 지구가 멈춘 기분이었어요. 집 밖으로 나가는 것도 불가능했으니까. 그 시간이 끝날 것이라는 희망은 너무나 미약했어요. 매일 온 힘을 다해 끌어당겨보아도 희망은 저 먼발치 어딘가에 잠시 앉았다가 날아가버렸죠. 겨우 손에 넣었나 싶으면 어느 순간 또 사라져버리고 없었어요. 상상으로 희망을 만들고, 기우고, 숨을 불어넣는 것에는 한계가 있었어요. 애를 쓸수록 바닥으로 더 꺼지는 기분이었어요. 각자의 심해에 각자가 가라앉았죠. 그 와중에도 사람들과 거리는 최대한 벌리며. 시간이 지날수록 희망의 자리를 절망이 빼앗아버렸죠. 절망은 게걸스럽게 희망을 먹어치워버렸죠. 다시 수면 위로 올라가는 날이 오긴 할까요.

어떻게 잊을까요. 리스본, 파리, 치앙마이, 몽골, 베를린, 아이슬란드, 코펜하겐, 이스탄불, 이런 이름들을. 가봐서 그립고, 가보지 않아서 더 그리운 곳들을. 언제나 내가 다시 갈 수 있다고 믿었던, 언제든 나를 기다려줄 거라 믿었던 그곳들을. 꿈에서도 사랑한 그곳들에 언제 갈 수 있을까요? 기약은 없죠. 그래서 저는 기다리지 않기로 했습니다. 제 몫의 희망을 챙기기로 했습니다.

편지를 쓰기 시작했습니다. 여행을 도둑맞은 당신에게. 휴가 고민마저 잃어버린 당신에게. 마스크를 꼭꼭 눌러쓴 출근길 지하철에서 지난 여행 사진을 뒤적거리는 당신에게. 그러다 문득 슬픔에 허덕이는 당신에게. 코끝에 실려 온 여행 냄새에 길을 멈춰 선 당신에게. 잊을 수 없는 맛을 잊을 수 없는 곳에 두고 온 것 같아 애타는 당신에게. 비행기를 타려는 순간 꿈에서 깨어났다고 안타까워하는 당신에게. 왜 좀 더 무모하게 여행하지 않았나 스스로를 책망하는 당신에게. 언젠가 꼭 세계여행을 할 거라는 꿈을 고이 접어 책상 밑에 숨긴 당신에게. 여행이라는 만능통치약을 잃어버린 당신에게. '여행'이라는 단어만 들어도 우는 건지 웃는 건지 미묘한 표정을 짓는 당신에게. 갈 수 없다는 현실과 행복했던 과거가 뒤엉켜 어떤 표정을 지어야 할지 모르는 당신에게.

그러니까 저에게.

편지를 쓰고 싶었습니다. 가장 좋았던 순간을 가장 다정한 방식으로 기억하고 싶었습니다. 그 순간의 오롯한 진심을 고이 접어 고스란히 당신 손에 쥐여주고, 과거의 따스한 온기

앞에 지금의 저를 데려다 놓고 싶었어요. 그곳의 공기와 햇살과 바람과 미소와 나무를 잊지 않도록. 여행이 사라진 시간에도 우리의 여행이 계속되도록. 편지라면 가능할 것도 같았어요. 부풀어 오른 마음도, 절박한 마음도, 그리운 마음도, 전하지 못할 것 같은 마음도 편지에는 빼곡하게 담을 수 있으니까요.

먼 곳으로부터, 먼 시간으로부터 당신에게 편지를 보냅니다. 이 편지 덕분에 우리가 잊지 못하는 그때의 우리가 생생하게 되살아난다면 그것만으로 저는 다정한 답장을 받은 기분일 거예요.

차례

우연을 운명으로 바꾸는 사람

San Francisco, USA

만난 적 없는 당신에게

안녕하세요. 김민철입니다. 편지로 처음 뵙겠습니다. 어떤 분
인지도 모르는 분에게 이렇게 편지를 쓰려니 막막한 기분입
니다. 새삼 스스로를 탓하게 되네요. 낯가림도 심한 주제에
왜 이런 프로젝트를 시작한 거냐, 이 한심한 놈아. 이렇게 오
래 살아놓고 너 자신도 모르는 거냐, 이 답답한 놈아. 뭐 이
런 기분이랄까요.

다시 생각해도 전혀 저답지 않긴 해요. 얼굴도 모르는 사람
들에게서 주소를 받고, 샌프란시스코에서 손 편지를 보내는
프로젝트라니. 맞아요. 밤이었고, 약간은 외로웠고, 조금은
다른 사람이 되어보고 싶었죠. 샌프란시스코 바닷가 카페에
앉아 흐리면 흐리다고 편지를 쓰고, 햇빛이 좋으면 보고 싶
다고 편지를 쓰고 싶어졌어요. 그래서 그 밤, '주소를 남겨주
시면 샌프란시스코에서 편지를 보낼게요'라고 홈페이지에 써
버린 거죠.

며칠 후 스무 명이 넘는 사람들의 주소를 받고 나서야 제가

얼마나 큰 사고를 친 건지 알게 되었어요. 여행 가서 지켜야 할 약속 스무 개가 순식간에 생긴 셈이니까요. 하지만 덕분에 틈틈이 편지를 쓰는 다정한 여행이 되었네요.

모르는 분께는 무슨 이야기부터 하면 좋을까요? 아, 지금 어디서 무얼 하고 있는지부터 설명하는 게 좋겠네요. 오늘은 아침 일찍 자전거를 빌렸어요. 샌프란시스코에서 제일 하고 싶었던 일이, 날씨 좋은 날 자전거를 타고 금문교를 건너는 일이었거든요. 일주일 내내 아침에 눈뜨자마자 커튼을 열어 날씨를 체크했어요. 근데 그거 아세요? 단 하루도 맑은 날이 없었다는 거. 쨍한 캘리포니아? 그건 영화나 사진 속에서만 존재하는 건가 봐요. 제가 만난 샌프란시스코의 겨울은 어째서인지 흐리거나 비가 오네요. 덕분에 자전거 타는 일정을 계속 미뤘는데 이제는 더 이상 미룰 수 없게 되었어요. 여행이 이틀밖에 안 남았거든요.

빗속이라도 달리기로 했어요. '될 대로 돼라' 심정을 장착하고요. 자전거를 빌리고, 일회용 우비를 입고, 이어폰을 귀에 꽂고 금문교 방향으로 달리기 시작했어요. 걷는 속도만 익숙한 제게 자전거의 속도감이 더해졌어요. 덕분에 비가 좀 더 존재감을 드러내기 시작했죠. 비가 얼굴을 따끔따끔 때리고,

우비 끝자락은 타닥타닥 바람 소리를 내기 시작했죠.

괜찮았냐고요? 어떻게 괜찮을 수 있겠어요, 빗속을 자전거로 달리는데. 흥분이 먼저 자전거를 앞질렀죠. 영혼도 속도감을 내며 달리기 시작했고요. 푸른 잔디밭을 아무렇지 않게 가로질러버렸죠. 이 날씨에도 달리는 러너들과는 눈인사를 하고, 우산도 없이 강아지와 함께 벤치에 앉아 있는 할아버지에게는 손을 흔들며 인사했어요. 원래 그렇게 인사성이 밝은 사람이냐고요? 어휴, 캘리포니아에 도착하자마자 배운 인사성이에요. 지나가다가 눈만 마주쳐도 아무렇지도 않게 서로 웃어주며 인사하는 거 있죠? 저는 심지어 처음엔 저한테 웃어주는 건지도 모르고 뒤돌아봤잖아요. 누가 있나 하고. 하지만 샌프란시스코 일주일 차, 저도 눈만 마주치면 인사를 하게 되었어요.

아무도 보이지 않는 곳에서는 소리도 좀 질렀어요. 그럴 땐 페달도 좀 더 힘차게 굴렸고요. 타닥타닥 더 거세게 휘날리는 비옷 자락에 기어이 여기까지 따라온 정리되지 않은 사랑의 감정도, 짐스러운 기대도, 잘해내야만 한다는 압박도, 구질구질한 책임감도 모두 후드득 떨어져 나갔어요. 그 자리엔 행복이 빵처럼 부풀어 오르기 시작했죠. 얼마나 다행인지요.

행복이 이토록 쉬워서. 이 정도로 쉽게 행복해지는 인간이 바로 저라서.

그렇게 얼마나 달렸을까요?

이쯤이면 금문교가 나타나야 할 텐데, 보이는 건 점점 더 짙어지는 안개뿐이었어요. 달리 다른 길도 없어서 온통 푸르른 안개 속을 헤치면서 계속 달렸죠. 그러다 갑자기 금문교가 바로 눈앞에 두둥 나타난 거 있죠? 역시나 빨간 금문교는 영화나 사진 속에서만 존재하는 거였어요. 안개 덕에 아치는 보이지도 않고, 금문교의 기둥도 서너 개만 보일 뿐이었어요. 실망했냐고요? 그럴 리가요. 빨간 금문교는 너무 많이 봤잖아요. 이런 금문교는 처음이고. 부족하다고 말할지도 모르죠. 실망하는 사람도 있겠죠. 하지만 아름다움이 언제부터 고정되어 있던가요. 이 금문교는 어떤 사진보다 고독하고 아름다웠어요. 사람도 자동차도 안개가 토해내듯 나타났다가, 잡아먹히듯 사라졌어요. 지독한 안개 속에 저랑 금문교만 유배당한 느낌까지 났어요. 그 느낌이 얼마나 아름다웠는지를 설명하는 건 제 능력 밖의 일인 것 같아요. 굳이 설명하자면 오늘, 이 날씨에, 이곳에 도착해서, 정말로 다행이다,라는 생각까지 했어요.

한참을 그 풍경 속에 갇혀 있다가 다시 자전거에 올라 금문교를 달리는 순간, 작게 틀어놓았던 mp3에서 운명처럼 그곡이 흘러나왔어요. 영화 「하나와 앨리스」 OST. 아오이 유우가 발레 슈즈 대신 종이컵을 발끝에 끼우고 발레를 하는 장면에서 나왔던 바로 그 곡. 그 어떤 영화에서보다 아오이 유우가 가장 아름다웠던 장면. 몇 번을 돌려 보고 또 돌려 보다가 결국 mp3에도 담아 온 바로 그 음악이 어쩜 지금 딱 흘러나오는 걸까요. 볼륨을 최대로 올렸죠. 점점 빨라지는 자전거 속도에 맞춰 우비는 흡사 새의 날개처럼 힘차게 펄럭이기 시작했어요. 곧 날아오를 것처럼요.

여행자는 우연을 운명으로 바꾸는 사람이죠. 잘못 본 지도, 놓쳐버린 버스, 착각한 시간, 하필 떨어지는 비. 여행엔 매 순간 우연이 개입하기에 그 우연을 불행으로 해석하고 있을 틈이 없더라고요. 재빨리 음악의 힘을, 커피의 힘을 혹은 술의 힘을 빌리거나, 작은 가게 속으로 피신해서 작고도 단단한 행복을 손에 쥐어보려 저는 애를 씁니다. 억지로 불행의 핸들을 꺾어 행복으로 향하는 거죠. 놀랍게도 그 순간 가끔 마법 같은 일이 일어나요. 의도하지 않은 삐걱임이 문득 완벽함으로 연결되는 거죠. 그럼 저는 기꺼이 그 우연을 운명이라 믿어버려요. 어떤 심오한 존재가 나를 위해 세밀하게 준비한 이벤트라 기꺼이 믿어버려요. 운명이 아니고서야 이토록 완벽할 리가 없잖아요. 그 누구도 기대하지 않은 순간에 종이컵을 끼우고 완벽한 아름다움을 취버린 아오이 유우처럼. 비가 올지라도, 부족할지라도 그 속의 완벽한 아름다움을 기어이 찾아내고야 만 지금 이 순간처럼. 없다고 성급하게 실망하지 않고, 내 예상과는 다르다고 이 도시를 포기해버리지 않는 마음 위로 내린 선물처럼 느껴졌어요. 바로 그 음악이.

지금으로부터 12년 후, 저는 남편과 함께 이곳에서 다시 자전거를 타게 돼요. 열심히 금문교를 향해 달리지만 목적지는 금문교가 아니죠. 금문교 근처에 있는 국립묘지. 남편의 출장이고, 그 출장 속에 국립묘지 답사가 포함되어 있어서 저는 금문교를 바로 앞에 두고도 잠자코 좌회전을 하죠. 그날은 오늘과 달리 여름이고, 맑고, 바람도 잔잔할 거예요. 금문교도 영화처럼 티 없는 붉은색일 거예요. 하지만 저는 그 속을 달리면서도 12년 전 비 오는 겨울을 달리던 저를 떠올릴 거예요. 그때의 불완전해서 아름다운 금문교를 그리워할 거예요. 자전거 속도를 늦추지 않은 채로 남편에게 이야기해줄 거예요. 나에게 완벽한 금문교의 순간이 있었다고. 안개가 분가루처럼 온몸에 달라붙고, 비가 세차게 얼굴을 때리고,

우비가 날개가 되고, 음악이 나를 날게 한 그런 순간이 있었다고 말하며 더 세게 페달을 밟을 거고요, 남편은 그런 저를 흐뭇한 미소를 띠며 쳐다보겠죠?

물론 이 이야기는 지금으로부터 12년 후의 일이고, 지금의 저는 12년 후에 저에게 남편이 있을 거라는 것도, 다시 샌프란시스코에 오게 될 거라는 것도 까맣게 모르는 상태입니다.

어떤가요? 여행에서 예상치 못한 불행이 조금씩 쌓여갈 때 문득 당신이 이 편지를 떠올릴 수 있길 바랍니다. 좋아하는 음악을 귀에 꽂고, 그 불행을 정면으로 돌파할 수 있기를. 우연을 운명으로 바꿀 수 있기를. 그리고 그 순간을 여행 후에도 두고두고 곱씹을 수 있길 바랍니다.

저는 불행을 너무 온몸으로 돌파했더니 머리부터 발끝까지 홀라당 젖어버렸네요. 에너지도 바닥나버렸고요. 아무래도 돌아갈 때는 배를 타야 할 것 같아요. 물론 자전거도 배에 싣고요. 마침 배가 오네요. 편지는 여기서 줄여야 할 것 같습니다.

2006년
샌프란시스코에서
민철 드림

목적지를 잃어버린 순간

Kamakura, Japan

너무 갑자기 도쿄로 떠나온 나는 또 너무 갑자기 오늘은 가마쿠라야. "가마쿠라?" 하며 고개를 갸웃하는 당신 모습이 벌써부터 그려지네.

후훗. 맞아, 바로 그 가마쿠라. 『슬램덩크』의 배경이 된. 북산고등학교의 진짜 이름, 가마쿠라고등학교가 있고, 서태웅이 자전거를 타고 지나가던 철길과 강백호가 소연이의 편지를 읽는 바닷가가 있는 바로 그 가마쿠라. 질투라든가 부러움 같은 감정과는 너무 거리가 먼 당신이라는 건 알지만, 이번만은 정말 나를 질투할지도 모르겠네. 당신은 『슬램덩크』의 컷 하나하나, 대사 하나하나까지 다 기억하는 사람이잖아. 당신이 왔다면 정말로 좋아했을 텐데. 당신이랑 올 수 있었다면 아껴뒀을 텐데. 다시 말하지만, 계획에는 없었던 일이야.

어젯밤에 하나 선배와 정미가 갑자기 "가마쿠라 갈까?"라는 말을 꺼냈고, 아침 일찍 가마쿠라행 열차를 탔어. 생각보다 꽤 멀더라고. 결국 점심시간이 다 되어서야 열차에서 내릴 수 있었어. 내내 수다 떨고 내내 웃다가 도착해서야 깨달았어. 우리가 가마쿠라에 대해 아무것도 아는 것이 없다는 걸. 『슬램덩크』 말고는 도대체 아는 것이 없었어. 이상하지? 평소의 나라면 절대로 이런 사태가 발생하지 않을 텐데. 당신도 알다시피 나는 여행 준비를 누구보다 좋아하고, 어떤 곳에 도착하든 다양한 정보를 손에 쥐고 있다가 촤라락 펼쳐놓길 좋아하잖아. 근데 이번만은 예외야. 갑자기 떠나온 도쿄 여행이기도 하지만, 아무래도 같이 여행하는 선배와 정미의 영향을 많이 받는 거 같아. 이들 둘은 계획 한 톨 없이도 너무 잘 놀러 다니더라고. 정보 하나 없어도 불안해하지 않더라고. 그래서 나도, 책임감은 벗어놓고 이들의 마구잡이 여행에 슬쩍 끼어본 거야. 무슨 일이 일어나겠어? 하는 배짱으로. 무슨 일이 일어나도 뭐 어때? 하는 호기로. 글쎄, 내가 그럴 수도 있더라고.

열차에서 내렸더니 바로 옆이 바다였어. 목적지가 없었지만, 바다가 보인다면 순식간에 목적지는 바다가 되지. 당연히 선배와 정미의 반응이 빨랐어. 순식간에 "와! 바다다!" 소리를 치며 다가가더니 또 잠시 후엔 왼쪽의 언덕을 보고 "우리 저기 가서 앉을까?" 그러더라고. 나는 한발 뒤에서 그들의 즉흥 계획에 충실히 발맞췄어. 그런데도 내게 어떤 불안감이나 의무감도 달라붙지 않더라. 말한 것처럼, 아무 계획도 없었으니까. 아무래도 좋았으니까. 솜털 하나하나에 달라붙는 듯한 일본 특유의 숨 막히는 습기가 없는 4월 말의 화창하고 바람 선선한 이국의 바닷가였으니까.

편의점 도시락을 사고, 편의점 맥주를 사서 언덕 잔디밭에 앉았어. 눈앞에 보이는 건 바다, 바다, 그리고 바다. 각자 해를 정면으로 보고 앉아 이어폰을 귀에 꽂고, 맥주를 마시며 도시락을 먹었어. 비틀스의 「Here comes the sun」이 끝나는 순간, 나는 반복 버튼을 눌렀어. 2008년 가마쿠라 바닷가에 비틀스 형님들을 고정시켰어. 바로 그 곡이었거든. 이 풍경에 정확하게 찰싹 달라붙어서 다른 언어들을 다 무의미하게 만드는 곡. 해를 마주 보고 앉아서 「Here comes the sun」이라니. 너무 일차원적인 해석이지? 근데 어쩌겠어. 이 풍경을 보고 있는 내 마음에 이 음악이 아주 딱 달라붙어버렸는데. 들으면서도 알 수 있었어. 앞으로 남은 생애 동안 언제 어디서라도 이 노래를 들으면 자동으로 가마쿠라에 도착해버릴 거라는 걸.

내내 거기 앉아 있기만 했냐고? 에이, 설마. 가끔 일어나기도 했지. 맥주가 다 떨어졌거든. 맥주 말고는 누가 감히 우리를 일으키겠어? 후훗. 눈앞에 보이는 편의점에 설렁설렁 가서 무심하게 맥주를 집어 들다가 깜짝 놀라곤 했어. 친구들이랑 한국어로 수다 떨며 다니다 보니 자꾸 까먹는 거야. 여기가 외국이라는 걸. 이국적인 라벨들이, 너 여기까지나 온 거야,라는 선명한 신호가 되어주더라고. 고맙게도. 하지만 우리의 반응은 한결같지. 그냥 "이건 또 처음 보는 맥주다!"라고 환호하면서 기꺼이 사 마시지.

가마쿠라 바닷가에는 병맥주 자판기도 있더라고. 신기하지? 자판기에 코를 딱 박고 까치발을 하고 맥주 병뚜껑을 하나하나 확인했어. 처음 보는 맥주 병뚜껑을 당신에게 선물해주고 싶어서. 어느새 나는 어디를 가든 맥주 병뚜껑부터 확인하는 사람이 되어버린 거야. 습관 하나 만드는 게 얼마나 힘든데, 사랑이라는 접착제가 당신의 이 습관을 내 몸에 순식간에 장착시킨 거야. 병뚜껑을 챙길 때마다 선배랑 정미가 나를 놀려.

"김민철이 연애를 다 하네요."
"장하다. 우리 철군(선배는 나를 이렇게 부른다)."

그럼 정미는 또 우리 소개팅 날 이야기를 펼쳐놓지. 수십 번째 반복되는 그 이야기를.

"소개팅 날 눈이 너무 많이 와서 제가 나가지 말라고 그랬잖아요. 나중으로 미루라고. 아직도 그 생각을 하면 등골이 서늘해요. 나 때문에 쟤들 못 만났어봐요."

선배는 그 이야기를 들으면서 흐뭇하게 그냥 고개를 끄덕이지. 정미는 더 장난치고 싶은 표정을 짓다가 맥주 한 모금을 꿀떡 마셔. 다시 바람을 맞으며 바다를 보며 시간을 흘려보내. 한 움큼 쥔 모래가 순식간에 손바닥을 빠져나가는 것처럼 시간도 술술 술술 사라져갔어.

얼마나 오래 앉아 있었던지 해가 넘어가기 시작했어. 그때 놀라운 일이 벌어진 거 알아? 눈앞에 두둥, 산이 떠오르더라고. 말 그대로 떠올랐어. 낮에는 해에 가려 보이지 않던 산이, 해가 넘어가기 시작하니까 그제야 모습을 드러낸 거야. 그게 또 무려 후지산이었어. 후지산이 여기에 있는 거였다니. 당신은 알고 있었어?
우리는 진짜 아무도 몰랐기 때문에, 정말로 까맣게 몰랐기 때문에 더 크게 놀랐어. 그제야 해 질 무렵부터 언덕 아래 모여든 카메라 부대들이 이해가 되더라고. 다들 바다 너머로 떠오르는 후지산을 찍기 위해 그곳에 모여든 거야. 웃기지? 그냥 바다가 내려다보이는 언덕이 있길래 그곳에 자리 잡고 앉아 하루 종일 술을 마신 거였는데, 알고 보니 유명한 곳이었다니. 그 유명한 곳을 직감적으로 찾아낸 우리도 대단하지? 술꾼들의 직감이 이 정도라고. 후지산을 보며 우리는 또 맥주를 짠!

정말 내내 그 풀밭에 앉아서 맥주만 마셨냐고? 놀랍게도 정말 내내 거기서 맥주만 마셨어. 심지어 나중엔 여기가 가마쿠라가 맞긴 한 걸까 잠깐 의문이 들기도 했지만, 가마쿠라 고등학교라도 한번 찾아봐야 할까 생각도 들었지만, 다 그만뒀어. 목적지는 이미 잃어버렸고, 우리는 이미 너무 즐겁고, 시간은 허무할 정도로 빠르게 흘러가고 있었으니까. 맞아. 이것보다 더 큰 낭비는 없지. 하지만 그렇게 낭비를 해도 아무 상관없는 것보다 더 큰 부자도 없지.

해가 다 지고. 노을의 자랑도 끝나고. 어둠이 내려앉고. 조명이 켜지네. 슬슬 도쿄로 돌아가야겠다. 마치 나는 도쿄가 일상인 것처럼 말하고 있네. 여행을 떠나서도 또 여행을 온 기분이야. 오늘은. 옆에 이렇게 좋은 친구들이 함께 있는데도 가장 좋은 순간이 되면 언제나 당신이 생각나네. 같이 있었으면 또 얼마나 좋아했을까. 같이 먹었으면, 같이 마셨으면 또 얼마나 웃었을까 자꾸 생각하게 되네. 병뚜껑이 습관이 아니라. 당신이 습관이 된 거야.

파도가 계속 밀려오듯이 당신 생각이 자꾸 밀려와서 발목을 적셔. 가마쿠라에 와서도 어느새 또 당신 생각에 온몸을 푹 담그고 있어. 오늘은 더 자주 당신을 생각한 걸 보면, 나는 오늘 유난히 이곳이 마음에 들었나 봐. 다음에 같이 오자. 「Here comes the sun」을 이어폰 하나로 나눠 듣자. 처음 보는 병맥주를 나눠 마시자. 후지산이 떠오를 땐 짐작도 못했다는 듯이 깜짝 놀라야 해. 마지막 맥주 한 모금은 떠오른 후지산을 보며 마시자. 그날은 내가 완벽한 가이드가 되어줄게. 가마쿠라의 핵심을 나는 이미 알아버렸거든. 보고 싶어.

2008년
가마쿠라에서
당신의 민철

---

* 이 편지를 받은 사람과 서는 그로부터 2년 후에 결혼을 하고 10년 넘게 같이 살고 있습니다.

여행자의 약속

Bonnieux, France

B에게

미안하다는 말부터 해야겠네요. 미안해요. 그곳으로 다시 돌아가지 않기로 결심했어요. 어제 당신을 만나고 돌아와 저녁 내내, 그리고 오늘 내내 고민했어요. 돌아가겠다는 당신과의 약속을 무겁게 여길 것인지, 아니면 여행자들이 쉬이할 만한 깃털 같은 약속으로 여길 것인지. 내일 당신은 나를 오래도록 기다릴 것인지, 아니면 어느 정도는 예상하고 있었다는 듯이 살짝 한숨을 내쉬고 나에 대한 기억도 지워버릴 것인지.

연락을 할 수만 있다면, 못 간다는 말과 미안하다는 말을 직접 건넸을 거예요. 이런 상황에서 평소 내가 어떤 사람인지를 말한다는 건 정말 비겁한 핑계에 지나지 않을 테지만, 진심으로 변명을 해보자면 평소의 저라면 이런 결정을 내리지 않았을 거예요. 어떻게든 그 약속을 지켰을 거예요. 하지만 지금 저는 여행자. 이 결정을 여행자의 마음이라고밖에는 설명할 수가 없네요. 어떤 것에도 정박하지 않는, 매 순간 낯선 지명을 향해 돛을 펴는 여행자의 마음이라고 설명할 수밖에요.

어제였죠. 제가 보뉴에 도착한 것은. 이 여행 대부분의 목적
지는 그때그때 기분에 따라, 여행지 사정에 따라 정해지고 있
지만, 보뉴는 아니었어요. 이미 한국에서부터 마음속 1번 목
적지 중 하나였죠. 영화를 한 편 봤거든요. 「어느 멋진 순간」
이라는. 무려 리들리 스콧이 감독한. 주인공도 무려 러셀 크
로우와 마리옹 꼬띠아르. 맞아요. 당신도 당연히 알겠죠. 보
뉴에서 촬영한 영화니까요.

대도시에서 성공한 남자가 어느 날 유산으로 받은 시골의 포
도 농장에 내려왔다가 사랑에 빠지고, 또 시골 생활 특유의
충만함에 젖어 들어 대도시로 돌아가지 않는다는. 뭐, 뻔하
디뻔한 내용이죠. 근데 뭐, 아시다시피 이 영화에서 내용이
중요한 게 아니잖아요? 리들리 스콧이니 러셀 크로우니 심지
어 그 아름다운 마리옹 꼬띠아르도 영화의 주인공이 아니었
죠. 주인공은 명백히 보뉴. 저는 영화를 보는 내내, 도대체 저
곳이 어디지? 저렇게 아름다운 곳이 실재한단 말이야? 내 기
필코 저곳에 가겠어,라는 욕망에 이글이글 타올랐어요.

얼마나 검색했는지 몰라요. 유명한 영화가 아니었으니 정보
가 정말 적었죠. 몇몇 장면들은 고르드에서 촬영했다는 정보

도 있었지만, 그곳은 유명한 관광지라는 이야기에 바로 패스했죠. 여행자인 주제에 여행자들이 많은 곳은 피하는 이 고집은 도대체 어디서 생겨난 걸까요? 집요한 검색 끝에 주요 촬영지가 보뉴라는 걸 알고 난 후에는 문제가 조금 더 심각해졌어요. 그곳까지 가는 교통편을 도저히 찾을 수가 없었거든요. 결국 프로방스 지방 버스 사이트를 거쳐 뤼베롱 지역 버스 사이트로 들어가, 기막힌 버스 시간표를 다운받을 수 있었죠. 기가 막히다 못해 멱살을 잡고 싶은 심정이었어요. 아, 솔직히 그렇게 비효율적이고 불친절하고 엉망진창인 버스 시간표는 처음이었어요. 모든 것이 암호였고, 무사히 해독을 한다 해도 믿을 수 있는 정보인지 알 길이 없었어요. 일주일에 몇 번 없는 버스 배차 시간과 암호처럼 보이는 프랑스어와 낯선 지명들 사이를 헤매며 이 시간표가 진짜일까? 진짜 버스가 오긴 하는 걸까? 의심하고 또 의심했죠.

어제 당신에게 이런 이야기까지 하진 못했지만, 어쨌거나 나름 힘겨운 경로로 저는 마침내 보뉴에 도착한 거였어요. 언덕 위에 집들이 차곡차곡 웅크리듯 자리하고 있고, 모두들 연한 주황색 지붕을 머리에 얹고 있는 아주 작은 마을. 시선을 저 멀리 툭 던지면 끝도 없는 평야가 보이고 그 끝에는 또 다른 언덕 위 도시가 점처럼 보이는 마을. 그 평야가 뤼베롱 평야인가요? 궁금했지만 물어보지도 못했네요. 인적조차 드문 도시였으니까요.

어렵게 도착했지만, 딱히 목적지는 없었어요. 헤매고 다닐 만한 길도 많지 않더라고요. 정말 정말 작은 마을이었으니까요. 카페 야외 테라스에 앉아서 커피를 한 잔 마시고, 마냥 골목길을 헤매고 다녔어요. 언덕 위 마을이니 걷다 보면 오르막길이고, 또 걷다 보면 내리막길이었어요. 골목골목 아름다웠고, 아이들은 창틀에 매달려 장난을 치다가 저 멀리 까르르 웃음을 흩뿌리며 사라지고, 할아버지들은 그림 같은 배경 앞에 서서 껄껄 웃음을 골목 가득 채웠죠. 간혹 마주치는 사람들의 웃음 하나하나까지 줍고 다니며 저는 벅차올랐어요. 마침내 내가 보뉴에 왔구나. 그토록 오고 싶었던 보뉴에 내가 오고야 말았구나. 그렇게 혼자 실실 웃음을 머금고 골목골목을 계속 걸어 다니다가 당신을 만난 거였어요.

당신은 벽에 푸른색 포스터를 붙이고 있는 중이었죠. 당신이 막 붙인 포스터를 낯선 동양 여자가 가만히 들여다보았죠. 오래된 수동 필름 카메라를 들고. 아마도 그 카메라 때문이었을 거예요. 당신이 나에게 말을 건 건. 사진이 마음에 드냐고 물었죠? 고개를 끄덕이는 나에게 당신은, 보뉴의 새벽 풍경을 찍은 거라고 알려주었죠. 하늘이고 땅이고 온통 푸른 기운이 가득한 새벽의 보뉴. 저는 만나본 적 없는 보뉴. 설명을 한참 듣다가 그제야 알아차렸죠. 당신이 이 사진의 작가라는 걸. 이 전시 포스터의 주인공이 바로 당신이라는 걸. 사진작가를 만났다는 사실에 뛸 듯이 기뻐하다가, 전시 오픈이 아직 며칠 남았다는 사실을 확인하고는 바로 실망하는 나에게 당신이 말했죠. 오늘은 숙소가 있는 루르마랭으로 돌아갔다가, 다시 보뉴에 오라고. 며칠 여유롭게 머물러보라고. 놀라운 풍경들이 하루하루 펼쳐지는 곳이라고. 눈앞에서 경이로운 당신의 사진을 보며 그 이야기를 듣는데, 내 마음이 거세게 흔들렸어요. 왜 안 되겠어요? 나에겐 아무런 계획이 없는데. 심지어 당신은 나를 데리고 동네를 돌아다니며, 할아버지 할머니와 정답게 인사를 하고, 그들에게 나를 소개하고, 싸고 깨끗한 숙소까지 알아봐줬잖아요. 당신이 이렇게까지 하는데 어떤 약속이라도 왜 못하겠어요? 나는 덜컥, 약속을 했죠. 오늘은 돌아가지만, 며칠 후에 다시 오겠다고. 전시를 정말로 축하한다고.

맞아요. 그래놓고 내가 오늘, 약속을 깨버리겠다는 결정을 한 거예요. 오래 고민했어요. 나를 아는 다정한 얼굴 곁으로 갈 것인가, 모르는 얼굴들이 가득한 낯선 곳으로 향할 것인가.

아마도 보뉴로 다시 간다면 그곳에서 벌어질 일들은 제가 처음 겪는 일들뿐일 거예요. 낯선 환대에 저는 얼떨떨할지도 모르겠어요. 당신 덕분에 또 다른 친구들이 생길 수도 있겠죠. 물론 전시회에서 당신 사진을 보고 과한 열정에 사로잡혀, 새벽마다 혼자 보뉴를 헤매고 다닐지도 모르고요. 그러다 그 전시회에서 마주친 빵집 주인에게, 어느 새벽 제가 첫 손님이 될지도 모르고요. 무슨 일이 일어날지는 알 수 없었지만, 그 모든 것이 기분 좋은 일이 될 거라는 건 알 수 있어요. 오래도록 곱씹을 순간들을 선물처럼 받아 들게 될 거라는 걸요.

하지만 결국 저는 여행자의 본분을 택하기로 했어요. 약간이라도 익숙한 것들을 뒤로하고, 낯선 것들 사이를 헤매기로 했어요. 아마 두고두고 후회할지도 몰라요. 이미 조금은 후회하고 있는걸요. 저는 낯선 기차역 플랫폼에 설 때마다 불안해하는 유형의 인간이거든요. 기차가 제시간에 오긴 할까, 잘못 타지는 않을까, 이상한 곳에서 내려버리진 않을까, 내 자리에 다른 사람이 앉아 있으면 어쩌지, 이렇게 동동거릴 거면서 여행은 왜 하는 거니, 왜 또 기어이 낯선 길 위를 헤매며 스스로를 불안에 몰아넣는 거니, 이 모든 생각을 기차역 플랫폼에서 하고야 마는 사람이거든요.

그러니 낯선 도시에 도착해 갈 곳조차 잃어버리는 순간이 오면, 만나자마자 양팔을 벌려 가장 따뜻한 포옹을 나누는 사람들을 보면, 처음 눈 마주치는 나에게도 화알짝 웃어주는 얼굴을 만나면, 당신을 생각할 것 같아요. 약속을 어긴 나를 조금은 원망할 거예요. 경험한 적도 없는 보뉴의 모든 순간들이 이미 그립거든요.

그럼에도 불구하고, 저는 다시 낯선 길 위에 섭니다. 매 순간 나에게 또 무슨 일이 일어날지 불안해하며, 낯선 눈을 하고, 낯선 대상에게 애정을 퍼부으며, 낯선 풍경에 온 마음을 내려놓으며, 문득문득 나보다 더 나이를 먹은 이 카메라를 들기로 했어요. 머물지 않고, 계속해서 떠나기로 했어요. 보뉴에 오래 머무르며 기어이 낯선 보뉴의 순간들을 발견하고, 여행자의 마음으로 기록하는 당신이니, 이런 나를 조금은 이해해주지 않을까, 조금은 쉽게 용서해주지 않을까 기대를 해봅니다.

다시 한번 전시, 축하해요.

2009년 8월
민정

이마에 박힌 별 하나

Venezia, Italy

규성에게

남자들이 군대에서 보내는 편지는 어디까지 믿어야 되는 거
냐? 대부분의 사람들은 절대 믿지 말라고, 제대 후 며칠만
지나면 원래대로 고스란히 돌아간다고 호언장담을 하던데
네 생각은 어때? 아, 물론 너는 절대 안 그럴 거라고 펄쩍펄
쩍 뛰겠지. 그래그래, 너는 아니겠지. 니가 그럴 리가 있나. 암
그럼, 믿지 믿지. 누나야는 너를 믿지.

군대에서 보낸 편지 속의 너는 20년 동안 알아온 그 동생이
아니라서 나는 내내 얼떨떨한 기분이었어. 편지뿐만이 아니
라 외모도 내가 알던 네가 아니긴 하지. 30킬로 넘게 빠지다
니! 심지어 지난 휴가 때는 내 바지를 입는 기적을 눈앞에서
보여주기도 했잖아(물론 그 바지는 엄청난 오버사이즈지만. 그래
도 그걸 입다니. 그것이 기적이 아니면 뭐야).

군대에서 보내온 편지를 받는 사람들도 공통점이 하나 있더
리고. 우리 아들만은, 내 동생만은, 우리 형만은 다를 것이라

는 믿음을 갖는다는 것. 엄마가 평생 가지고 싶었던 아들이 바로 그 편지 안에 있었거든. 말 잘 듣고, 성실한, 지금까지 와는 다르게 살아보겠다고 다짐하는 그런 아들. 진짜 이번엔 바뀔 거라는 의지로 가득 찬 아들. 나는 그래도 미량의 의심을 단단히 쥐고 있는데, 엄마는 엄마더라. 니 편지를 또 곧이 곧대로 믿는 거 있지? 이제까지 그렇게나 속았으면서, 매번 대차게 당했으면서, 엄마는 어떻게 그럴까. 어떻게 부모들은 자식 앞에서는 그렇게 순진한 태도를 견지할 수 있는 걸까.

근데 이번만은 나도 좀 믿어보고 싶긴 했나 봐. 그러니까 제 대한 너에게 이 쥐꼬리만 한 월급을 쪼개서 유럽행 비행기표를 사줬겠지. 밤을 새가며, 48시간당 한 번씩 퇴근하면서 받은 월급이니까 그야말로 너희 누나의 피와 땀과 살과 지방과 인생이 고스란히 녹아든 티켓이란 걸 네가 알아줬으면 해. 왜 그렇게 무리를 했냐고? 뭔가 내가 해본 경험 중에 제일 좋은 걸 너에게도 주고 싶었달까. 이제 제대를 했으니까, 이 제는 다른 사람이 되어보겠다니까, 제대로 된 시작점을 선물해주고 싶었어. 영어도 한마디 할 줄 모르니까 안 간다고 버틸 줄 알았는데, 그렇게 선뜻 받아 들고 떠날 줄이야. 어쨌거나 군대만큼이나 여행도 사람을 바꿔놓는 강렬한 경험이니까 그 여행 끝의 너는 어떤 이야기를 들려줄지 나는 오래 궁금했어.

돈을 얼마 가지고 가지도 않았던 너는 좀처럼 돌아오지 않았어. 돌아오는 표를 계속해서 늦추고 있다는 소식만 엄마를 통해 들었지. 처음 본 사람과도 십년지기처럼 친해지는 능력이 한 톨도 빠짐없이 모두 너에게 유전이 되었으니, 내겐 한 톨도 없는 그 능력이 유럽에서도 빛을 발하겠거니 짐작만 했지. 거의 두 달이 다 되어서야 돌아온 너는 살이 더 빠져 있었고, 각종 무용담으로 가득 차 있었지. 오래전 내가 그랬던 것처럼. 그곳에서 네가 사 온 물건들을 보면서도 시큰둥한 나에게 너는 마치 마지막 비밀을 꺼내놓듯이 말했지. 베네치아에서 밤에 곤돌라를 탔다고.

"그 비싼 걸?" 하며 놀라는 나에게 너는 이야기를 이어갔지. 돈이 없었지만, 저건 꼭 타봐야겠다 싶어 사람들을 모아 밤에 곤돌라에 올랐다고. 그러다 문득, 곤돌라 바닥에 누웠다고. 눈에 보이는 건 까만 하늘과 별 그리고 베네치아의 좁은 건물들. 들리는 건 촤락 착, 촤락 착, 노에 물이 부딪히는 소리뿐.

모든 것이 사라졌을 거야. 기쁨이니 슬픔 같은 구체적인 감정도 사라졌을 거야. 오롯이 밤과 물과 너밖에 남지 않았을 거야. 기이한 진공 상태가 되어버린 거지. 그러다 형언할 수 없는 벅찬 감정이 밀려와서 너를 가득 채운 게 틀림없어. 그 고요하고도 가득한 경험 속에서 눈물을 흘려버렸다고 그랬잖아.

나는 그제야 내가 새로운 동생과 마주하고 있다는 사실을 깨달았어. 까만 베네치아의 어둠 속에서 새롭게 태어난 사람의 얼굴을 낯설게 바라봤어. 울어버리다니. 뭔지 모를 감정에 휩싸여 울어버릴 수도 있다니. 그 감정을 네가 알아버리다니.

그렇게 까만 평화 속에 누워 있다가 갑자기 주변이 환해져서 일어났다고? 그때 네 눈앞에 펼쳐진 건 바로 산마르코 광장. 세상에서 가장 아름다운 광장으로 손꼽히는 곳이지. 내가 갔을 땐 여름 한낮이었고, 그때의 산마르코 광장은 눈이 멀 정도로 흰빛으로 가득 차 있었어. 효율적인 아름다움의 세계에서 막 건너온 나는 그 광대하고도 찬란한 빛을 어떻게 받아들여야 할지 몰라 한참을 멍하니 서 있었던 기억이 나. 그 아름다움은 아직도 내 속에서 한낮의 햇빛이야.

근데 밤의 광장은 어땠을까. 금빛의 산마르코 성당이 광장의 한 면, 흰빛의 회랑이 광장의 두 면, 그리고 나머지 한 면은 무려 까만 바다잖아. 그러니까 그 어두운 시간 끝에 드디어 빛에 도달한 기분은 어땠을까. 텅 빈 마음에 출렁출렁 물결이 차오르는 느낌이었을까. 빛이 온몸을 촘촘히 묶어버린 느낌이었을까. 너는 또 울어버렸을까. 거기에 도착한 너는 또 어떤 사람이었을까. 지금 내 눈앞의 너와 또 다른 사람이었을까.

나는 네가 들려준 이 이야기가 너무나도 아름다워서 몇 번을 곱씹었는지 몰라. 세상에서 너보다 더 베네치아를 멋있게 즐긴 사람의 이야기를 들은 적이 없거든. 내가 지금까지 알아온 너라면 파리의 샹젤리제 거리와 그곳의 명품들 혹은 밀라노의 화려한 성당 앞으로 펼쳐진 으리으리한 상점들을 이야기할 줄 알았는데 밤의 곤돌라라니. 그 섬세한 순간이라니. 그 떨림 가득한 감정이라니. 그 한순간을 만나기 위해 그 비싼 티켓을 사고, 그 고생을 해가며 여행을 떠난 걸지도 몰라. 그 한순간만으로도 여행의 의미는 다 충족되고도 남아.
물론 그 순간이 뭐가 될지는 아무도 모르지. 도대체 어떤 소용이냐고 묻는다면 입을 다물게 되지. 하지만 이미 경험한 사람의 별은 아무나 훔쳐 갈 수 없어. 그 별은 누구에게 설명할 필요도 없는 너만의 별. 여행자라면 누구나 이마에 박고 살아가는 자신만의 별. 겉으로 보기에는 너무나도 평범한 사람도 이마엔 자신만의 별이 박혀 있단다. 사막의 밤이, 파리 뒷골목이, 제주도 새벽의 들판 풍경이, 길모퉁이 평범한 카페에서 들은 음악 한 줄기가, 그림 앞에서 자기도 모르게 흘린 눈물이 별이 되어 단단히 자리 잡고 있는 거지. 평생 떨어지지 않을 거야. 이렇게 별이 되어버렸으니. 나의 별은 파리 퐁피두 센터에 있었는데, 너의 별은 밤의 베네치아에 있었구나.

어쨌거나 만나서 반가워.
태어나서 처음 만나는 동생아.
앞으로 진짜, 아무쪼록 잘 부탁해.

2004년
서울에서
하재 별인 누나야가

이 모든 것을 만나기 위해 여기까지 온 거야

Ragusa, Sicilia

또 시작이야. 또 골목 안에서 길을 잃어버렸어. 분명 숙소 주인 할아버지는 성당까지 15분만 걸으면 된다고 말했는데, 도대체 몇 시간이 지난 건지 모르겠네. 휴대폰을 꺼내서 성당까지의 거리를 가늠해봐. 두 시간을 헤맸는데 아직도 성당까지는 15분 걸린다고 친절한 구글 지도가 알려주네. 어차피 지도를 따라갈 마음은 없으니까 또 주머니에 휴대폰을 넣어버려. 그럴 거면 왜 성당 위치를 확인했냐고? 그냥, 이 마을 중심에서 내가 얼마큼 떨어져 있나 확인해본 거야. 알잖아. 이런 골목 안에 나를 떨어뜨려놓으면 나의 목표는 오직 하나가 되는 거.

길을 잃어버리기.

"니 시칠리아까지 가서도 그카고 다니나?"

네 목소리가 들려오는 거 같네. 그래 맞아. 여기까지 와서도,

이만큼 나이를 먹고서도 나는 여전하네.

여기는 시칠리아 라구사. 1693년 지진으로 도시 전체와 주민 5천여 명을 한꺼번에 잃어버린 도시야. 변형된 협곡 위에 그 당시 유행한 바로크 양식으로 도시 전체가 다시 지어졌어. 여기까지만 들어도 바로 알겠지? 여기는 나를 위한 종합선물세트 같은 도시야. 끝없이 낡았고, 끝없이 우아하고, 끝없는 골목이고 계단이야. 우연히 인터넷에서 이 도시 사진 한 장을 봤는데, 그때부터 얼마나 오랫동안 이 도시를 앓았나 몰라. 이탈리아도 멀고, 시칠리아는 거기서 더 멀고, 라구사까지는 정말로 머니까 오기까지 참 오래도 걸렸어. 하지만 결국 오고야 말았단다.

여기서의 나는 10년 전 핑야오에서의 내 모습 그대로야. 내가 오래된 도시를 좋아한다는 사실을 알고, 너는 북경에서 열한 시간 떨어진 고대 도시 핑야오로 나를 데려갔잖아. 북경에서 저녁에 출발한 기차는 새벽이 되어서야 우리를 핑야오에 내려줬고.

기억나? 그 새벽, 자전거 택시를 운행하는 아저씨 뒤에 앉아 안개가 자욱한 핑야오 고성으로 들어가던 순간을. 안개 속에서 갑자기 600년 전의 도시가 나타났잖아. 600년 전의 시간에 닻을 내린 도시 풍경 앞에서 나는 너와 아저씨가 주고받는 중국어도 들리지 않고, 북경으로 돌아가는 티켓을 구하지 못한 너의 당혹스러움도 느껴지지 않았지. 들리는 건 내 심장 소리밖에 없었어. 진짜야. 심장이 너무 뛰어서 정신이 하나도 없었어. 센과 치히로가 된 기분이었달까. 영화와 다른 부분은, 완전히 다른 시공간에 도착을 했는데, 원래의 시공간으로 돌아가고 싶은 의지가 내겐 전혀 없다는 점이지. 순식간에 나는 그곳에 사로잡혔어. 이틀 내내 내가 골목골목을 돌아다니며 사진을 찍을 때마다 크게 웃었던 거 기억하지? 600년 동안 그토록 곱게 늙은 도시라니. 그때 네 덕분에 처음 알았잖아. 뚜렷한 내 취향이 여행의 가이드가 될 수도 있다는 걸. 낡은 골목을 좋아한다는 말 한마디에 네가 그 먼 도시까지 나를 이끌었잖아.

핑야오의 경험을 시작으로 나는 내 낡은 취향의 전문가가 되어가고 있어. 이곳 라구사만 해도 그래. 도시 전체를 내려다보는 사진 한 장을 봤을 뿐인데, 그 안의 골목까지 다 보이는 거야. 오래전 누군가가 과감하게 색깔 선택을 한 벽, 그 위로 내려앉은 시간, 손때 묻은 손잡이, 레이스 커튼 사이로 빼꼼히 고개를 내미는 식물들과 다정한 창문, 매 순간 다르게 골목을 수놓는 빨랫줄과 그 밑을 느리게 걷는 할머니와 할아버지, 골목을 은은하게 울리는 그들의 낯선 말소리까지 다 보이는 거야. 과장이 아니야. 말했잖아. 낡은 취향 전문가라고. 그럼, 그 정도는 단숨에 보여. 골목 입구에 딱 서기만 해도 냄새가 난다니까. 내가 좋아할 골목인지 아닌지. 너는 알잖아. 북경에서도 핑야오에서도 내가 얼마나 기민하게 골목에 반응했는지. 이 재능은 거의 타고났다고 할 수 있지(아무도 이 재능을 부러워하진 않더라고, 쩝).

라구사의 숙소란 숙소는 거의 다 본 것 같아. 후기들도 꼼꼼히 다 봤지. 덕분에 밤낮으로 라구사 도시 전체를 내려다볼 수 있는 집을 예약할 수 있었어. 숙소에 도착하자마자 베란다 문 열고 소리부터 질렀잖아. 이 풍경이 3일 동안 내 것이라니. 저 골목골목이 3일 동안 내 것이라니. 너무 좋아하며 「섹스 앤 더 시티」에서 캐리가 파리 에펠탑을 처음 봤을 때처럼 소리를 질렀더니 집주인 할아버지가 덩달아 크게 웃더라고. 하지만 나는 육체파. 골목길에 있어서는 확실히 관상파가 아니라 육체파지. 도시 전체가 다 내려다보이는 베란다를 두고 얼른 카메라를 메고 밖으로 나갔어. 내 몸으로 골목길을 직접 걸어볼 시간이었어.

집 아래 카페에서 오렌지 주스부터 시켰어. 시칠리아에서는 무조건 오렌지 주스야. 어떤 가게에서든 기성품을 내주는 법이 없거든. 시칠리아 특유의 빨간 오렌지를 그 자리에서 꾸욱 짜서 내줘. 그걸 마시면 즉각적으로 몸에서 에너지가 오렌지 알갱이처럼 투둑 툭 튀어나와. 이제부터는 그 에너지를 마치 강아지의 목줄처럼 붙들고 잘 이끌어야 해. 더 빨리 가고 싶어도 속도를 조절하며 또 멈춰 서야 해. 더 가고 싶어도 더 자세히 들여다보기 위해 멈춰 서야 해.

너도 핑야오에서 자꾸 사진을 찍느라 멈춰 서는 나 때문에 묵묵히 서서 오래도 기다려야 했잖아? 여기서는 내가 서서 카메라를 들면 남편도 서. 문제는 동네 사람들도 다 멈춰 선다는 거야. 그리고 내 카메라가 향하는 곳에 뭐가 있나 같이 들여다본 후, 다시 나를 빤히 쳐다봐. 도대체 아무것도 없는 이 골목길에서, 처음 보는 동양인이 도대체 뭘 찍고 있는지 궁금한 거야. 물론 나는 카메라에서 눈을 떼고서야 그 사태를 알아차리지. 의아해하는 그들과 눈 마주치고 웃으면, 그들도 웃으며 지나가기는 하는데 꼭 고개를 한 번 갸웃거리지. 그 갸웃이 너무 귀여워서 나는 또 웃고.

어디에 쓰려고 그렇게나 찍는 거냐고? 그걸 나도 모르겠어. 옛날에도 몰랐고, 지금도 몰라. 그냥 좋으니까 찍는 거야. 찍으면 좋으니까 쓸데없이 많이 찍는 거야. 그럼 그만큼 즐거우니까. 마치 초콜릿 중독자가 자신의 이데아에 가까운 초콜릿을 먹고 싶은 만큼 먹은 기분이랄까. 아무 생각도 안 들고, 실실 웃으며, 발끝으로 사뿐사뿐 걷게 되지.

오늘 내가 얼마나 귀여운 창문들 사진을 찍은 줄 알아? 창문이 꼭 잠에서 덜 깬 사람처럼 생겼어. 오늘 내가 얼마나 과감한 벽들을 발견한 줄 알아? 사진 한 장 찍었는데, 그 안에 파란색, 노란색, 붉은색, 갈색, 회색, 초록색이 다 있어. 근데 그게 절묘한 조화를 이루는 거지. 난감한 표정의 건물과 세상 풍파 다 겪은 노파 같은 문, 각종 역경에도 우아함을 잃지 않은 벽까지 모두 다 내 것이 되었어. 이 모든 것을 만나기 위해 나는 기어이 여기까지 온 거야.

하루 종일 그렇게 돌아다니고도 모자라서, 밤에도 숙소 베란다에 앉아서 다시 도시를 내려다보았어. 골목 하나, 조명 하나까지 다 기억할 것처럼 탐욕스럽게. 그리고 해가 뜨기 전, 새벽에 깨서 다시 베란다에 섰어. 시커먼 하늘이 점점 밝아지고, 까만 집들에 불이 하나씩 켜졌지. 까만 어둠을 뚫고 차들이 저 멀리서 나타났다가 굴곡진 도로를 따라서 다시 사라졌어. 뒷집 베란다 문이 열리더니 아주머니는 그 새벽부터 빨래를 탁탁 털어서 널더라. 골목 옆에 주차되어 있던 차에 시동이 걸리더니 어느새 아저씨는 출근을 하고. 나는 그 모든 것을 바라보며, 하늘을 보며, 떠오르는 태양을 보며, 계속해서 바뀌고 있는 라구사의 색깔들을 기록하며 베란다에 내내 서 있었어.

어둠이 다 물러가고 태양이 말간 얼굴로 도시 전체를 환하게 비출 때 나는 어제 그 카페에 가서 또 빨간 오렌지 주스를 마셨어. 그리고 다시 골목 속으로 뛰어들었어. 어제와 같은 골목인 것 같지만, 하나도 같지 않지. 빨래가 사라진 자리엔 오래된 벽이 주인공이 되어 있고, 어제 그늘졌던 문은 당당히 햇빛을 받으며 그 골목의 주인공이 되어 있지. 순식간에 해는 다른 곳으로 넘어가기 때문에, 그 벽의 영광의 순간은 내가 기록해줘야 해.

고작 그 작은 골목을 헤매기 위해 그 멀리까지 갔냐고 누군가는 물을지도 모르지. 하지만 고작해야 한 줌밖에 안 되는 골목을 이만큼이나 큰 보석으로 바꾸다니, 이 정도면 거의 현대판 연금술사 아닐까? 작은 돌멩이 하나도 웃음으로 바꾸고, 벽에 쌓인 시간마저 나는 무슨 대단한 예술 작품처럼 바꾸니 말이야. 물론 이 보석이 세상에 통용되는 보석이 아니라는 맹점이 있긴 하지. 하지만 무슨 상관이겠어. 행복의 연금술이 이미 내게 있는데. 어디서든 순식간에 행복할 준비가 되어 있는데.

"뭐고. 김민철. 핑야오 때랑 똑같네"라고 너는 이야기하겠지. 맞아. 핑야오 때 명백해진 그 취향 때문에 오늘 나는 여기까지 올 수 있었어. 취향 하나만 믿고, 내 마음의 방향만 믿고, 여기까지 온 거야. 언젠가 또 너를 만나러 중국에 갈게. 그때는 또 다른 곳을 가보자. 더 오래된 시간 속으로 뛰어들자. 더 허물어진 곳을 헤매보자. 너라면 그런 곳을 찾아낼 수 있을 거야. 너는 내 취향에 100퍼센트 맞는 유일한 가이드니까. 지금까지 너만큼 믿는 가이드는 없었으니까.

2018년
시칠리아 라구사에서
민철

Ragusa, Sicilia

Pingyao, China

거기에 로작하고 너는

또 어떤 사람이었는가.

지금 내 눈앞의 너는

또 다른 사람이었는가.

하루짜리 외로움이겠지만

Arles, France

오늘 작업은 좀 어땠어요? 진전은 좀 있었나요? '진전'이라는 말을 써놓고 보니 이상하네요. 할아버지는 단 한 번도 그런 단어를 쓴 적 없는데. 늘 저녁이면 나에게 말했죠. "나는 오늘도 마당에서 그림을 그렸어" 혹은 "하루 종일 그림 그렸어". 핵심은 '그림을 그렸어'에 있었죠. '대단한 진전'이 아니라 '더 많은 그림'이 아니라 그냥 '그림을 그렸어'에 있었죠. 그림을 그리기 위해 할아버지는 네덜란드에서 남프랑스 루르마랭까지 온 거니까. 아무것도 없는 시골 마을까지 그 화구들을 끌고 온 거니까. 실은 루르마랭이 아니어도 상관없었겠죠. 할아버지는 숙소 바깥으로는 거의 나가지도 않았으니까. 언제나 방점은 '그림을 그린다' 혹은 '그림만 그린다'였으니까. 할아버지의 직업이 화가도 아니면서 그런 태도를 가진다는 게 저는 신기하기만 했어요. 실은 그건 재능이나 실력의 일이 아니라 간절한 마음의 일이겠지요.

오늘 새벽엔 고마웠어요. 진짜 이른 새벽이었잖아요. 그런데 할아버지는 내가 떠난다는 걸 알고 그 새벽에 일어나서 기어이 나를 배웅해주었지요. 지난 나흘 내내 할아버지가 그랬던 것처럼. 이번에도 나를 혼자 외롭게 내버려두지 않았죠. 할아버지 덕분일까요? 이 작은 루르마랭에 유독 정이 들긴 들었나 봐요. 그 새벽에 혼자 괜히 커피 가게에도 들렀어요. 무슨 사연이라도 있는 사람처럼. 시간이 별로 없다는 걸 알면서도 기어이 커피 한 잔을 털어 넣고 버스 정류장으로 향했으니 말이에요. 한참을 기다렸더니 아비뇽으로 가는 버스가 드디어 왔어요. 오기까지 참 오래 걸린 버스죠? 원래는 토요일에 루르마랭을 떠나려던 저를 월요일에 떠나게 만든 버스니까요. 루르마랭이 시골은 시골이에요. 버스가 며칠 만에 겨우 한 대 오다니.

완행버스를 타고 아비뇽에 도착해서, 다시 기차를 갈아타고 아를에 도착했어요. 사람들이 추천한 성당에도 가고, 반 고흐 그림 속의 장소들에도 갔어요. 반 고흐가 그린 병원, 반 고흐가 그린 카페, 반 고흐가 그린 다리. 도시 전체에 반 고흐의 흔적이 가득하죠. 혹시라도 사람들이 잊어버릴까 곳곳에 지천으로 널린 반 고흐 기념품들까지. 아를의 핵심인 반 고흐는 이 도시 어디서나 만날 수 있었어요. 그리고 저는 반 고흐처럼 외로워져버렸고요.

외로움은 순식간에 사람을 집어삼키죠. 그렇게나 좋아한 반 고흐인데. 그의 흔적보다 내 마음속 콩알만 한 외로움에 더 관심이 가죠. 그 관심을 먹고 외로움이 재크의 콩나무처럼 자라버리더라고요. 하늘을 뚫어버릴 기세로. 정체를 알 수 없는 외로움을 어디에라도 버려야겠다 싶어 들어간 뒷골목에서는 진짜 화가를 만났어요. 생긴 건 꼭 영화 「노팅 힐」 속 휴 그랜트의 친구, 기억나죠? 키 크고 귀여운 미치광이처럼 생긴 화가였어요. 근데 그 화가는 신기한 차를 가지고 있더라고요. 이곳저곳 돌아다니면서 작업할 수 있도록 차 지붕을 개조한. 차를 몰고 가다가 마음에 드는 장소가 있으면 차를 세워놓고 차 지붕 위에 올라가서 작업을 시작한대요. 할아버지도 솔깃하죠? 그런 차 한 대 있으면 할아버지도 더 자주, 더 자유롭게 그림을 그릴 수 있을지도 모르잖아요. 반 고흐의 영혼이 이 친구에겐 좀 더 가볍고 자유로운 방식으로 깃든 것 같았어요. 하기야 반 고흐의 시대로부터 지금은 100년도 더 넘게 지났으니까. 더 가볍고 더 자유로운 건 이 시대 영혼의 법칙인지도 몰라요.

뒷골목에서는 그 화가뿐만이 아니라 어린 화가 친구들도 많이 만났어요. 바닥에 그림 그리는 친구 옆에서 한참을 구경하기도 하고, 잔뜩 분장을 하고 소꿉놀이를 하는 친구들이랑 눈을 마주치며 웃기도 했어요. 고양이, 강아지도 많이 만났고요. 하지만 오늘은 외로움이 숨겨지지 않네요. 결국 해가 지기도 전에 숙소로 들어왔어요. 씻고 침대에 앉아 밖을 한참 보다가 깨달았어요. 이 외로움은 할아버지 때문이라는 걸. 맞아요. 이 외로움의 근원은 분명 할아버지예요.

아무리 외로움을 모르는 사람이라도, 두 명이었다가 하나가 된 걸 모를 수는 없어요. 그 빈자리를 못 본 척할 수는 없어요. 낮에는 나만의 여행을 하고 나만의 조용한 시간을 가지더라도, 저녁이면 숙소의 누군가와 오늘 하루에 대해 이야기하는 게 그새 익숙해졌나 봐요. 할아버지와 저 사이에 언어의 장벽이 굳게 가로막고 있어서 대단한 이야기를 할 수도 없었는데, 그 대화가 뜻밖의 위로였나 봐요. 알죠. 여행자는 흐르는 사람이란 걸. 길 위에서 만나는 사람들과 우정의 나무를 키울 수는 없다는 걸. 그저 만났을 때 기쁘게 인사하고, 헤어질 때 가볍게 웃으면 된다는 걸. 그러니 이건 하루짜리 외로움일 거예요. 내일이면 틀림없이 괜찮아질 거예요. 저는 혼자가 익숙한 사람이고, 외로움은 제게 드문 손님이니까. 늦게나마 고마웠다는 이야기를 전해야겠네요. 할아버지 덕분에 이번 여행에서 처음으로 길 위에서 우정의 맛을 볼 수 있었어요. 외롭지 않은 나흘을 보낼 수 있었어요. 한낮에 마시는 차가운 화이트 와인의 맛도, 프랑스 카페 이용법도 배웠죠. 한밤에 어둠 속에서 얼마나 많은 별들이 쏟아져 내리고 있는지 볼 수 있었고, 열정은 늙지 않는다는 것도 알게 되었어요. 무엇보다 스쳐가는 타인의 진심에 기대는 시간은 또 다른 위로가 된다는 것도 깨달았어요. 고마웠어요.

이번 겨울에는 그리스 어딘가를 계획하고 있다고 그러셨죠? 그리스에서 할아버지의 그림은 얼마나 달라질까요? 그때는 초보 딱지를 뗄 수 있지 않을까요? 아니, 이미 초보는 아니에요. 그리고 싶다는 그 간절한 마음과 몰두하는 시간만으로 할아버지는 이미 화가예요. 적어도 제겐 그래요. 할아버지의 그림 작업을 저 먼 한국에서 응원하는 사람이 있다는 걸 꼭 기억해주세요.

2009년 9월
어느 거리에서
민철리

---

* 프랑스 시골 마을, 루르마랭의 숙소엔 그림을 그리러 온 네덜란드의 초보 화가 할아버지와 알베르 카뮈의 무덤을 찾아온 여행객인 내가 유일한 손님이었다. 나는 그 작은 마을에 나흘을 머물렀고, 나흘 내내 할아버지는 나의 친구가 되어주었다. 초보 화가 할아버지에 관한 이야기는 『모든 요일의 여행』에도 실려 있다.

우리가 여행자의 영혼을 데리고 다니는 한

Palermo, Sicilia

단테 서점 혹은 비소 식당 사장님께

어떻게 부르는 게 좋을까요? 서점 사장님? 혹은 식당 사장님? 이런 질문도 이젠 지겨우시죠? 그럴 만도 해요. 분명 간판은 'Liberia Dante(단테 서점)'라 되어 있지만, 구글 지도엔 'Bisso Bistro(비소 식당)'로 표기되어 있고, 실제로도 책이 아닌 음식을 팔고 있잖아요.

어젯밤 에어비앤비 집주인, 시모나가 추천해주더라고요. 커피도 음식도 맛있다고. 시모나가 대학생일 때에는 책을 샀던 서점이라는 이야기에, 간판은 예전 그대로 서점 간판이라 기분이 더 이상하다는 이야기까지 더해지자 갑자기 제 마음이 움직였어요. 왜 오래된 서점 간판을 간직하고 있는 걸까. 무슨 사연이라도 있는 걸까. 궁금해지기 시작하더라고요. 그래서 오늘 오전 그곳에 갔던 거고요. 당황스러우시죠? 겨우 오늘 오전에 한 번 다녀가놓고 이렇게 편지라니. 기억도 잘 안 나는 사람에게서 받는 편지라니. 제가 사장님이라도 같은 마음일 거예요.

도저히 가만히 있을 수 없었어요. 계산하고 나가려는 저에게 물으셨잖아요. 예술가냐고. 예술가라니. 저의 어떤 부분이 사장님에게 그런 추리를 하게 만들었을까요? 커다란 카메라? 낯선 언어의 책? 아니면 자유분방한(여행할 땐 유독 더 자유분방해지긴 해요) 저의 파마머리? 저는 그 어떤 특이한 행동도 말도 하지 않았으니 더 어리둥절했어요. 맞아요. 제 머릿속에는 '예술(art)' 혹은 '예술가(artist)'라는 단어에 대한 유난한 고정관념이 있는 건 확실해요. 그 고정관념은 오히려 예술에 대한 경외의 감정에 가깝죠. 저 같은 평범한 사람이 아니라 비범한 능력이 있는 사람만이 예술가가 될 수 있다는. 그건 감히 내가 꿈꿀 수 있는 경지가 아니라는. 그러니 당신의 그 질문이 저를 얼마나 기쁘게 했겠어요? 아티스트라니. 내게 아티스트라니. 하지만 경외하는 단어를 가지기 위해 거짓말을 할 수는 없어요. 결국 약간 망설이다 대답했죠.

"No. I'm a writer(아니. 나는 작가예요)."

아마도 생애 처음일 거예요. 제 입으로 저를 'writer'라 말한 건. 영어로는 물론 한국어로도 해본 적이 없는 말이죠. 장담컨대 없어요. 남편이 먼저 놀라더라고요. 제가 평소에 저를 그렇게 칭하지 않는다는 걸 누구보다 잘 아니까. '카피라이터'라는 소개 대신 늘 '회사원'이라 적고, '작가'라는 호칭 앞에서는 아직도 어쩔 줄 몰라 허둥지둥하는 걸 아니까. 하지만 그 누구보다 그 말에 가장 놀란 사람은 바로 저였어요. 저도 몰랐거든요. 제가 저를 'writer'라고 말하는 순간이 올 거라고는. 하지만 말해버렸어요. 드디어 타인에게도 저 자신에게도 writer라고 선언해버린 거죠. 오래 봉인해놓은 상자를 마침내 열어버린 기분이었어요.

Writer. 작가. 쓰는 사람. 쓰지 않으면 안 되는 사람. 당분간 쉬어야겠다고 다짐을 하다가도 그 다짐이 무색하게 어느 순간 또 쓰고 있는 사람. 어떻게든 쓰는 사람. 제가 그런 사람이라는 건 확실했어요.

마음이 동백꽃처럼 툭 떨어질 때, 머릿속에 각종 색이 칠해지다 결국 시커멓게 변해버릴 때, 진심을 감추고 싶어질 때, 힘을 빼도 자꾸자꾸 가라앉기만 할 때. 아무리 심호흡을 해도 흩어진 마음이 다시 모아지지 않을 때 저는 어느새 글을 쓰고 있거든요. 어디 그뿐인가요. 심장을 움켜쥐는 연주를 들을 때에도, 눈물이 훅 들어차는 그림 앞에서도, 읽을 수 없는 타인의 얼굴 앞에서도 저는 머릿속으로 글을 씁니다.

그 글이 머리에서 지워지기 전에 얼른 수첩을 펴고 옮겨 적곤 하죠. 오래된 버릇이에요. 그렇다면 맞겠죠. 저는 이미 오래전부터 writer의 세계에서 살고 있다는 것이.

그 세계에 들어가기 위해 필요한 건 자신의 이름이 적힌 책 같은 게 아닐 거예요. 오히려 '쓰는 상태'에 있다는 것이. '쓰는 영혼'을 지니고 있다는 것이 더 확실한 징표가 되죠. 책은 거기에 따라올 수도 있고. 아닐 수도 있는 부산물에 불과할 거예요. 작가는 영혼의 일이잖아요. 그러니 저는 책을 몇 권 내고서도 '작가'라고 스스로를 말하는 것에 자신이 없었어요. 그 단어는 암만해도 내 것이 아닌 것 같고. 그런 집단에 내가 속한다는 것이 뭔가 불경한 짓 같았거든요. 어쩌면 너무 간절해서 도리어 거리를 두려고 했던 건지도 모르겠네요. 정말 작가가 되고 싶었거든요. 쓰는 사람이 되고 싶었거든요. 아주 오랫동안.

카페를 나와 팔레르모의 골목길을 걸었어요. 로마와 비잔틴과 아랍과 이탈리아와 시칠리아와 그러니까 이 땅을 지나간 모든 영혼의 흔적이 그대로 남아 있는 골목길을 정처 없이 걸었어요. 1월이었지만 지중해의 햇살은 기세등등했죠. 불순물이 하나 없는 햇살 아래 모든 사물들이 또렷한 날이었어요. 오렌지도 레몬도 토마토도 파슬리도 올리브도 각자의 색을 의기양양하게 드러냈죠. 할아버지의 흰머리는 은빛 조명으로 보일 정도였고, 오래된 건물들의 작은 조각 하나하나도 제 목소리를 내고 있었죠.

명도와 채도를 끝까지 올린 선명한 도시의 빛을 따라 말없이 걸었더니 신기하게 제 마음의 윤곽도 선명해지기 시작했어요. 'writer'라는 오래된 꿈이 마음 한가운데 우뚝 서 있더라고요. 작지만 있을 건 다 있고, 지은 지 오래되었지만 소중하게 잘 관리된 집처럼 우뚝. 누군가가 쉽게 부수거나 업신여길 수 없을 만큼 단단하게. 화려하지 않지만, 특출나지도 않았지만, 지중해의 햇살 아래에서도 기죽지 않고 선명하게 그 꿈이 서 있었어요.

'작가'를 뜻으로 풀어 쓰면 '쓰는 사람'. 그걸 다시 영어로 옮기면 'writer'. 결국, 쓰는 사람. 당신의 호기심 어린 질문 하나에도 기어이 이렇게 길게 써 내려가야만 하는 사람. 긍정할 수밖에 없네요. 저는 쓰는 사람, writer예요. 그건 결코 부인할 수 없는 사실이죠. 아마도 평생 제가 오늘 한 대답을 스스로에게 다시 들려주며 살게 될 것 같아요. 글쓰기 앞에서 작아진 나에게, 남들의 부러운 글 앞에서 쪼그라든 마음에게, 나를 뛰어넘는 글을 쓰고 싶다는 불가능한 욕심에게. 쓰자고, 계속 써나가자고 말하며 살 거예요.

고맙습니다.

이 한마디가 또 이렇게 길어져버렸네요. 당신이라면 이 긴 대답을 다 이해해줄 것만 같았어요. 제가 writer의 마음을 결코 버리지 못하는 것처럼, 당신도 서점의 영혼을 버리지 못하고 있잖아요. 그 모든 귀찮은 질문에도 불구하고 서점의 간판을 고집하고 있잖아요. 사장님 앞에서 writer라고 저를 소개한 것이 이쯤 되면 운명으로 여겨지기까지 하네요. 마법 같은 일이 우리에겐 일어나는 법이죠. 여행 중에는 좀 더 자주 일어나고요. 우리가 여행자의 영혼을 데리고 다니니 말이에요. 기꺼이 탄복하고, 사소한 물음도 오래 곱씹고, 매 순간 진심인 여행자의 영혼 말이에요. 오늘부터 저는 작가의 영혼도 같이 데리고 다니게 되었어요. 이 영혼을 어떻게 자라게 할지는 제 몫이겠죠.

단테 서점 이야기를 자주하게 될 것 같아요.
누구보다 저 자신에게.

2018년 1월
한결이 writer, 민정

같은 도시를 두 번 여행하는 행운

Marvão, Portugal

포르투갈 마르방에 다녀오셨다고요. 3일이나 묵으셨다고요. 그 이야기를 들려주시며 "거기 인구가 몇 명인지 알아?"라고 물으셨을 때 저는 순식간에 관계가 역전된 걸 깨달았죠. 배꼽 근처가 간질간질해지면서 웃음이 터져 나오려는 걸 간신히 참았어요. 팀장님의 질문은 이어졌죠.

"마르방에 괜찮은 레스토랑이 두 개 있는데, 혹시 가봤니?"

가봤을 리가요. 저는 하루 저녁 그곳에서 묵은 게 전부인걸요. 팀장님의 얼굴에 안타까움이 진하게 퍼졌죠.

"거기에 진짜 괜찮은 레스토랑이 있는데, 문어 요리가 얼마나 감동적인지……."

더 이상은 참을 수 없었어요. 저는 진짜로 우하하하 웃어버렸잖아요. 맞아요. 팀장님이 어느새 마르방 전문가가 되신 거예요. 저를 뛰어넘어.

"마르방에 문어 요리요?"
"응. 마르방의 그 문어 요리는 세계 최고야. 정말."

네, 암요. 그렇겠죠. 그렇고말고요. 그러니까 바닷가에 있는 도시도 아니고, 내륙 중에서도 내륙, 스페인과의 접경 지역에 있는 산 위 마을 마르방이 문어 요리로 음…… 유명할 수 있죠. 아휴, 제가 어찌 감히 팀장님의 말에 토를 달겠어요. 다만 조금 크게 웃을 뿐이죠. 마르방의 특산 문어 요리를 아마도 대한민국 최초로 발견하셨음에 분명한 팀장님의 얼굴에 순수한 기쁨이 가득했죠. 그리고 팀장님만의 포르투갈 이야기가 와르르 쏟아졌죠. 자동차가 마르방 성문에 옴짝달싹할 수 없을 정도로 끼여 있을 때 지나가던 할아버지가 도와준 이야기부터 휴대폰 속 사진 이야기들까지. 혹시 그때 보셨나요? 제 얼굴에 미소와 동시에 뿌듯함이 잔뜩 묻어 있던 걸요.
맞아요. 이 감정은 명백히 뿌듯함이에요. 처음 팀장님이 포르투갈 여행을 계획할 때 누구보다 환영한 사람은 저였잖아요.

이제 저는 팀장님의 이태리 선배, 남프랑스 선배에 이어 포르
투갈 선배가 될 차례였어요. 에헴. 다만 곤란한 지점이 있었
어요. 포르투갈에서 제가 제일 사랑하는 도시는 리스본이었
지만 팀장님 부부는 대도시 취향이 전혀 아니니까요. 마르방
이야기를 꺼낸 건 다름 아닌 남편이었어요.

"마르방 추천해드려."

"마르방? 거기 너무 아무것도 없어서······."

"없긴 왜 없어. 당신은 마르방이 별로였어?"

"아니, 너무 좋았지. 근데 좋아하실까?"

"응. 좋아하실 것 같은데?"

추천과 선물의 공통점이 있죠. 둘 다 상대의 마음에 꼭 맞길
원하는 마음으로 가득 차 있다는 것. 다만 선물은 오롯이 상
대의 취향만을 생각하면 되죠. 내 취향은 거기에 의도치 않
게 끼어드는 것. 슬쩍 스며드는 것. 핵심은 상대의 취향이잖
아요.

근데 추천은 좀 이야기가 다르죠. 내게 좋았던 것 중 상대의
마음에 꼭 맞는 것을 골라내는 과정을 거쳐야 하잖아요. 내
취향과 상대의 취향이 절묘하게 교차하는 바로 그 지점을 낚

아채야 하죠. 그러다 보니 추천을 할 땐 제가 가진 것이 왜 이리 가난해 보이는 건지요. 저의 확고한 취향이라 믿었던 것들이 저의 좁고도 완고한 우주로 순식간에 돌변하죠. 이토록이나 좁은 경험들 중에 다시 상대에게 꼭 맞는 걸 골라야 한다고? 그건 때론 도달할 수 없는 목표처럼 보여요.

물론 원하는 건 담백한 추천이죠. 그러니까 제게 좋았던 걸 건네주고, 그걸 상대가 어떤 식으로 받아들일지는 그 사람 몫으로 남겨놓는 담백한 추천. 소금만 툭툭 쳐서 먹든지, 양념장을 후루룩 섞어서 먹든지 혹은 먹다 남기든지 그 모두를 그 사람 몫으로 남겨두는 그런 추천을 하고 싶은데, 저에게 아직 그 경지는 너무 어렵습니다. 저의 좋음이 꼭 상대방의 좋음으로 연결되었으면 하거든요. 그 도시에 대한 저의 진심을 상대의 손에 꼭 쥐여주고만 싶거든요. 그런 측면에서 마르방은 모험이었어요. 고풍스러운 분위기도 아니고, 좋은 호텔이 있는 곳도 아니고, 아기자기한 가게들이 있는 것도 아니고, 무엇보다 너무너무 작잖아요. 이토록 작은 곳에 팀장님에게 꼭 맞는 행복이 있을까? 제 고민을 깨뜨려준 건 의외로 오래전 책 경험이었어요. 역시나 책은 도끼라니까요.

오래전, 팀장님과 제가 서로 앞다투어 책 추천을 하던 때 기억하시나요? 그때 밀란 쿤데라부터 줄리언 반스와 플로베르까지 다양한 작가들의 책에 각자 푹 빠졌다가 돌아와 각자의 탐험기를 공유했었잖아요. 서로 추천하고, 읽고, 좋았던 부분을 정리해서 주고받았죠. 서로의 경험을 '공유'하는 그 시간이 특히 즐거웠던 이유는, 분명 같은 책을 읽었지만 '각자'의 책이 되어버렸다는 걸 확인할 수 있었기 때문일 거예요. 팀장님과 제가 줄 친 부분은 달라도 달라도 그렇게나 다를 수 없었으니까요. 누가 보면 완전히 다른 책을 발췌한 줄 알았을 거예요. 그토록 다른 밑줄 취향을 뽐내면서도 우리 대화는 한결같았잖아요.

"좋지?"
"너무 좋아요!"

마르방 앞에서 망설이다 그때의 경험을 되새겼어요. 제가 너무 좋아하는 그곳이 팀장님의 방식으로 좋을 수 있을 테니까. 마침내 저도 담백한 추천을 해보기로 결심한 거죠. 그럴 수밖에 없었어요. 마르방이 제 방식으로 너무 좋았거든요.

저의 마르방 이야기를 좀 들려드릴까요? 7년 전 마르방에 도착하자마자 제가 깨달은 건 이 언덕 위 도시에서 일출을 놓쳐서는 안 되겠다는 거였어요. 밤늦게까지 숙소 테라스에서 끝도 없이 쏟아지는 별에 취하고, 술에 취하면서도 저는 잊지 않고 알람을 맞췄죠. 깜깜한 새벽, 남편을 깨워서 마르방의 꼭대기로 향했어요. 얼마 지나지 않아 태양 빛이 어둠을 차근차근 깨우며 하얀 마르방 꼭대기에 가장 먼저 도착하더라고요. 하얀 벽마다 노란빛이 슥슥 칠해지고, 나뭇가지 끝에도 노란빛이 내려앉더니, 언덕 아래 스페인 지역의 안개들도 태양이 기세 좋게 밀어내기 시작했어요. 때마침 할머니 한 분이 천천히 빛을 등지고 지나가셨어요. 딱 그 풍경에 어울리는 모습으로, 딱 그 새벽에 어울리는 속도로.

정말 이런 뻔한 말은 안 하고 싶었는데. 팀장님께 배운 카피라이터로서 죽이는 카피 한 줄로 표현하고 싶지만, 불가능하네요. 그 풍경은 그야말로 '한 폭의 그림'이었어요. 아시잖아요. 좋은 걸 좋다라고 말하지 무슨 말이 더 필요하겠어요. 얼른 카메라를 꺼내서 사진을 찍었어요. 찍는 순간 알았죠. 이 사진 한 장으로 오늘은 충분하다는 걸. 하루치 행복이 이미 다 채워졌다는 걸. 근데 그 순간 남편이 엄청난 선물을 내미는 거 있죠?

"다들 이 풍경을 안 보고 뭐 하는 거야? 잔다고? 이 풍경을
안 보고?"

이해가 안 가시죠? 남편의 이 한마디가 선물 같았다는 제 말
이. 진심으로 생각지도 못한 순간에 도착한, 생각지도 못한
선물이었어요.
남편은 저런 표현을 하는 사람이 아니거든요. 저건 명백히
저의 언어죠. 안타까워하는 말, 다그치는 말, 정답이 하나밖
에 없는 것처럼 구는 말, 자기에게 좋았던 경험이 마치 그 도
시에 대한 의무인 것처럼 동동거리는 말. 남편의 언어는 이렇
지 않아요. 그의 언어는 언제나, 그들에게도 사정이 있겠지,
그들도 나름의 좋은 시간을 보내고 있겠지, 의무를 퉁겨내는
말, 다른 가능성을 감싸주는 말, 저의 동동거림을 달래서 앉
히는 말이거든요.
그런 사람이 마르방의 풍경 앞에서 꼭 저처럼 말하더라고요.
이 말이 저에겐 놀라운 선물이었어요. 굳이 비유를 하자면
팀장님 아내분이 "우리 다음 여행은 어디로 갈까?"라고 물으
셨을 때 팀장님이 저에게 와서 자랑하셨잖아요. 이렇게나 변
했다며. 딱 그 느낌일 거예요. 저와 함께 여행을 하다가 남편
은 자기도 모르게 저를 닮아버린 거예요. 그 순간이 이 도시

의 최선일 것이라고, 지금이 이 도시의 전성기일 거라고 확신해버리는 그 믿음이라니. 문어 같은 그 믿음이라니.

그래서 웃지 않을 수가 없었어요. 좋은 곳을 다 다녀보신 팀장님이, 마르방이 그중에서 최고였다고 말씀해주시는 순간, 저는 꼭 제가 칭찬받는 것 같았어요. 마음 한편이 순식간에 환해졌어요. 별것도 없는 그 작은 마을에 그토록 풍요롭게 계셨다는 말씀에, 마치 제가 큰 선물을 드린 기분이더라고요. 선물을 드린 것 맞죠. 특히 이번 여행에는 구글 지도와 우버라는 초특급 비서도 고용해드렸잖아요. 장담합니다. 그들보다 더 일 잘하는 여행 비서는 진짜 없다니깐요(물론 모든 여행자들이 필수적으로 고용하는 비서이긴 합니다. 네…… 팀장님만 안 쓰고 계셨어요……. 돌아와서 다른 사람에게 구글 지도를 자랑하실 땐 제가 좀 부끄럽…… 아. 아닙니다).

앞으로도 계속 팀장님의 여행 선배가 되어드릴게요. 담백한 추천을 노력해볼게요. 대신 팀장님은 마르방 같은 이야기를 많이 들려주세요. 제가 가본 곳의 전혀 본 적 없는 이야기들을 선물로 가져와주세요. 덕분에 저는 같은 책을 다르게 두 번 읽는 행운을 가졌던 그때처럼, 같은 도시를 두 번씩 여행하는 행운을 가지게 되겠네요.

여행 선배라면 이 정도 행운은 가져도 된다고, 저의 광고 선배는 흔쾌히 허락해주실 거라 믿어요. 그렇죠?

2019년 6월
후배 민정 드림

여기가 아니라면 어디에도 없는

Lyon, France

한 달이나 프랑스로 떠난 친구의 소식이 궁금했지? 근사한 무엇이 되어서 돌아가고 싶었는데, 아무래도 술잔 부자가 되어서 돌아갈 것 같구나. 멋진 옷 부자도 되고 싶었고, 맛있는 홍차 부자 혹은 와인 부자, 그중 최고의 목표는 웃긴 에피소드 부자가 되는 거였는데 모두 실패인 것 같아. 대신 계획에도 없던 술잔 부자가 되었어. 응. 여행이 아직 끝나지도 않았는데, 그건 확실해.

심지어 오늘은 무슨 일이 있었는지 아니? 리옹의 우리 집 앞에 작은 술집이 하나 있더라고. 거기에서 너무 마음에 드는 맥주잔을 발견해버리고 만 거지. 그림베르겐(Grimbergen)이라는 맥주 전용 잔인데(요즘은 편의점에서도 다 파는 맥주야), 그 잔의 기세가 딱 내 심금을 울린 거야. 술쟁이의 심금을 울리는 맥주잔이라니, 상상이 되니? 전체적으로는 와인잔의 형상을 하고 있는데, 그중 가장 큰 사이즈의 잔이 유독 짜리몽

땅한 목에 엄청나게 큰 밥그릇이 달린 느낌이더라고. 500밀리리터가 다 들어가고도 남는데, 그 큰 잔이 찰랑찰랑 채워지면 얼마나 귀여운지 아니. 그 잔 때문에 자꾸 술을 더 시켰어(핑계가 좋지?). 그러면서 내내 오빠에게 이 잔 너무 마음에 든다며 호들갑을 떨었지.

술이 몇 잔 더 들어가니 용기가 생기더라. 술집엔 그 잔이 엄청 많았고, 손님은 우리 둘뿐이었거든. 안 되면 말고 정신으로 온몸에 문신이 가득한, 우락부락 사장님에게 내가 물었어.

"이 컵 혹시 살 수 있나요?"

사장님은 단숨에 답하더라고.

"안 될 것 같아요."

그 순간 나는 무슨 생각을 한 줄 아니? '휴…… 다행이다.'
그래, 다행이라 생각했어. 왜냐하면 이미 술잔이 한 짐이거든. 술잔만 샀겠니. 커피잔도 또 얼마나 샀다고. 깨질까 봐 애지중지 하나하나 오빠의 배낭에 넣고 여행을 다녔지. 그러다 여행 중반쯤 되었을 때 그 가방을 '유리 전용 배낭'으로 선언하고, 다른 물건들은 다 뺐어. 그랬더니? 공간이 더 생긴 거야! 그럼 잔을 더 사도 되는 거잖아? 유리 배낭은 품이 넉넉한 친구니까! 근데 이제는 그마저도 터지기 일보 직전이야. 하물며 며칠 전에는 벼룩시장 입구에서 내가 오빠에게 뭐라고 말한 줄 알아?

"제발 내 마음에 드는 게 없었으면 좋겠다."

무슨 그런 이상한 소원이 다 있대. 그럼 벼룩시장에 들어가질 말든가. 그래서 마음에 드는 게 없었냐고? 그럴 리가 있겠니. 고작 1유로에 한 손에 쏙 들어오는 귀여움을 샀단다. 이건 나에게 너무 필연적 결론이라는 걸 너는 잘 알잖아. 너랑 서울을 돌아다닐 때도 나는 유난히 싸고 예쁜 잔을 잘 찾으니까. 심지어 네가 어느 날은 말했지.

"야. 너랑 다니니까 온 도시가 다 벼룩시장 같아."

그러게 왜 내 눈앞에만 그런 게 잘 나타날까. 왜 외국에 와서도 이 능력은 조금도 줄어들지 않는 걸까.

여하튼, 그래서 사장님의 그 말에 약간 민망하기도 했지만 동시에 다행이라 생각한 거야. 가방 사정을 잘 아니까. 작작 좀 욕심내자,라는 마음이 들기도 했고. 사장님은 그렇게 대답해놓고 밖으로 쓱 나가더라. 화가 났나? 그 술잔은 원칙대로라면 파는 건 아니니까. 원칙을 어긴 손님에게 화가 날 수도 있는 거잖아. 내 안의 소심쟁이가 자꾸 문을 바라보며 사장님의 눈치를 봤어. 근데 한참 후 사장님이 들어오더니 이번에는 주방 아래 장을 뒤지는 거야. 또 다른 곳들을 뒤져보고. 한참을 그러더니 신문지를 꺼내고는 매우 곤란한 얼굴로 우리에게 말했어.

"이걸로 될지 모르겠네…… 뽁뽁이는 암만해도 못 찾겠어요. 이걸로 싸줘도 될까요?"

그 순간 사장님은 깜짝 놀랐을 거야. 갑자기 술집 안이 환해졌거든. 물론 오빠랑 내 얼굴이 순식간에 조명을 켠 듯 환해졌기 때문이지. 그런 대답을 들을 줄이야. 그렇게 무심한 태도에서 흘러나오는 그렇게 다정한 배려라니. 우리는 두 손을 모으고 감격한 얼굴로 말했어.

"신문지면 충분해요. 충분하고도 남죠."

근데 사장님은 우리를 보더니 또 한 번 사랑의 화살을 쏘는 거야. 이렇게!

"하나 줄까요? 아님 둘?"

아, 심장이야. 깜짝 놀랐네. 하나도 고마워 죽겠는데, 두 개라니. 이렇게 순식간에 매력을 두 배로 발산하는 사장님을 다 보았나. 안 그래도 리옹이 유독 마음에 들었는데, 리옹에 대한 내 사랑마저 순식간에 두 배로 치솟았어. 그럼에도 불구하고 사양할 수밖에 없었어. 뭐 딱히 예의를 알아서가 아니라, 염치가 있어서가 아니라. 우리 가방 사정을 알기 때문에. 도대체 가방 안에 뭐가 그렇게 들었냐고? 보면 너도 칭찬해 줄걸? 디종 술집에서 홀딱 반한 잔이 있었거든. 부슈(Bush)라는 맥주잔인데, 유리가 다 깨진 것처럼 생긴 잔이야. 디종에서 만난 후 마음에만 꼭 담아두고 넘어갔는데, 파리 뒷골목에서 그 잔과 다시 딱 마주친 거야. 사야겠니, 안 사야겠니? 그래, 당연히 샀지. 좀 더 이야기해볼까? 파리 벼룩시장에 갔더니 순도 100퍼센트 거짓말 같은 하늘색 잔이 있는 거야. 망원호프(우리 집의 별칭)에 딱 어울리겠더라고. 다만 좀 비싸서 고민하고 있는데 주인장이 말하는 거야.

"나폴레옹 시대의 잔이에요."

진짜냐고? 당연히 거짓말이겠지. 하지만 그런 거짓말은 또 속아주는 맛이 있잖아. 물론 내가 대표로 속아줬고. 에헴. 이젠 그만 사야지,라는 마음으로 둘러보는데(그만 살 거라면서 둘러보는 건 또 뭘까), 정말 손가락 두 마디만 한 작은 잔들이 세트로 있는 거야. 잔들이 자꾸 손짓을 하길래 딱 두 개만 사야지,라고 마음을 단단히 먹었거든. 근데 그 주인장이 말하는 거야.

"이거 여섯 개가 세트인데, 두 개만 사면 비행기를 타자마자 너 후회할걸? 세트로 살걸, 하며."

아, 너무 일리가 있는 말 아니니. 세트의 존재 이유에 대해 정확하게 가격하는 말이잖아. 동시에 세트에 대한 내 욕심도 정확하게 가격하는 말이었고. 정말 그 말에 넘어가서 여섯 개를 샀냐고? 당연하지. 아, 그리고 또 마트 맥주 코너도 지나칠 수 없지. 외국에서도 네 병 사면 잔 하나 끼워주는 행사에 넘어가는 사람이 바로 네 친구님이시란다. 자랑스럽지? 자랑스러워서 미치겠다고? 그래…… 쓰다 보니 나도 좀 부끄럽구나. 원래 이 정도는 아니었는데, 본격적으로 이 증상이 심해진건 이태원의 그 커피잔 때문이야. 기억나지?

너랑 나랑 이태원 앤티크 숍 돌아다니다가 평소 내 취향이 전혀 아닌 꽃무늬 커피잔에 꽂혔잖아. 구불구불한 모양에 심지어 가는 붓으로 붉은 꽃이 그려진 잔이었는데, 비싸서 못 사고 돌아섰지. 그 잔을 나는 10년 넘게 찾아 헤매는데 아직도 못 찾았잖아. 그때의 사건으로 확실한 교훈을 얻었지. 여기서 돌아서면, 못 산다. 물론 나에게 '여기서 안 사고 돌아서도, 괜찮다'라고 말할 사람도 있겠지. 하지만 너는 아니잖아. 집에 있는 옷과 비슷한 옷을 또 사려다가 의기소침해지는 나에게 "완전히 똑같은 건 아니잖아. 사도 된다"라고 말해주는 좋은 친구지 않니. 우린 서로의 가장 든든한 지름신이잖아. 심지어 지금은 여행 중이라고. 이건 여기가 아니라면 어디에도 없을걸?

어떤 사람들은 엽서를 사지. 어떤 사람들은 자석을 사. 내 동생은 도시 이름이 적힌 티셔츠를 그렇게나 사더라고. 인사동에서 'I LOVE 서울' 적힌 티셔츠들을 보면 누가 사나 싶지? 그거 다 내 동생 같은 사람들이 사는 거야. 자기도 부끄러운 건 알아서, 입지는 않더라고. 아 맞다, 심지어 피아니스트 조성진 씨도 각 도시 이름이 적힌 스타벅스 컵을 모으더라고. 연주하러 세계를 돌아다니면서, 그때마다 스타벅스에 들러 컵을 산다는 거야. 그 컵을 손에 들고 기뻐하는 모습이 눈에 선하지 않니? 아, 상상만으로도 귀여워서 흐뭇한 웃음을 짓게 되는구나.

근데 너는 알잖아. 하나하나를 살 때는 그중에서 제일 예쁜 거, 가장 마음에 드는 걸 고르고 또 골라서 사지만 그거 다 모아놓고 보면 별로 안 예쁜 거. 오히려 좀 촌스럽지. 그렇다고 해서 멈출 수는 없어. 그 여행을, 좋았던 순간을, 헤맸던 순간을, 좀 돌아가고도 싶었고, 좀 더 오래 머물고도 싶었던 그 순간을 작은 기념품에 담고 싶으니까. 절박하게 기억의 한 구석을 손에 잡히는 무엇으로 바꿔서 가지고 싶으니까. 물론 그거 하나를 가진다고 해서 지금 당장 뭐가 달라지진 않지. 하지만 그건 일종의 추억 저축이지 않을까? 심심할 때 꺼내 보며 한 알씩 먹는 거야. 일상 속에서 여행지의 시간들을 꺼내서 먼지를 털어내고, 웃음과 대화로 생생하게 복원한 후에 다시 냉장고 옆에 붙이는 거야. 장식장 안에 넣는 거야. 놀랍게도 이 추억은 아무리 꺼내 먹어도 잔고가 줄어들지 않잖아. 오히려 복리로 늘어나지. 겨우 자석 하나에 붙는 풍성한 이야기를 생각해봐. 투자도 이렇게나 남는 투자가 없다니까.

다음에 우리 집에 놀러 오면 부슈 잔에 맥주를 잔뜩 따라줄게. 아니, 좀 많이 마실 생각이라면 리옹의 아저씨가 준 그 맥주잔에 대접하마. 포르투갈 이야기가 궁금하다고? 그럼 또 기가 막힌 포트와인잔이 있지. 말만 해. 어떤 여행지의 기억이든 다 불러와줄게. 대신 이 이야기를 또 해도 모른 척 끝까지 들어줘야 해. 아주 오랜 시간이 흐른 후에도 그 잔들을 꺼내면 또 똑같은 이야기를 할 거니까 마음의 준비는 단단히 해줘. 아, 그리고 방금 전에 나에게 링크를 보내며 새 와인잔 사도 되냐고 물었지? 너의 가장 든든한 지름신으로서 말할게. 사도 돼. 우리가 술이 없지 잔이 없나. 아, 이건 여기에 쓰는 말이 아닌가? 히히. 돌아가면 이번에 산 유리잔들 다 펼쳐놓고 하나하나 이야기해줄게. 밤이 좀 깊어질 수도 있을 거야.

2013년
기분 좋게
민경

아름다움에 난파되었습니다

Porto, Portugal

당신의 허풍이 훈풍이 되어 우리를 무사히 집까지 데려다주었어요. 용기가 바닥나 마음이 납작해진 상태였는데, 아저씨의 허풍이 따뜻한 바람을 불어넣어 마음이 풍선만큼 커졌어요. 나중엔 마음이 애드벌룬처럼 커져서 그냥 날아서 숙소로 돌아올까 잠깐 고민했다니까요. 아, 이건 허풍이 아니에요. 진짜라니까요. 저는 허풍을 막 떠는 그런 사람이 결코 아니거든요. 다만 고맙다는 말을 한 걸음 늦게 하는 사람이죠. 지금처럼요. 아까 식당에서는 충분히 고마워하지 못한 것 같아서 결국 편지를 쓰기 시작했어요.

아까 당신의 식당 문을 열고 들어갔을 때, 그저 동양인 커플이라 생각하셨죠? 실은 그때 남편은 심하게 발목이 삔 상태였어요. 더 이상 걸을 수 없을 정도로 발목이 부어올랐더라고요. 불행은 페이스트리 빵 같죠. 겹겹으로 오거든요. 겨울이라 안 그래도 스산한데, 비에 젖어 몸도 으스스한데, 남편은 오른쪽 다리를 심하게 절기 시작하고, 약국 표시는 어디에도 보이지 않고. 부축하면서 헤매다가 정신을 차렸어요. 방향이 정확하지도 않은데, 이렇게 아픈 사람을 더 걷게 해서는 안 되겠다는 생각이 들더라고요. 천천히 나를 따라오라고 일러두고, 약국이 있을 만한 방향으로 냅다 뛰었어요.

하지만 약국 대신 눈에 들어온 건 식당이었어요. 맞아요. 당신의 식당이었죠. 그제야 남편을 앉히는 게 먼저라는 생각이 들더라고요. 우선 앉아서 따뜻한 음식을 천천히 먹는 것으로 응급조치를 대신하기로 했어요. 정신이 하나도 없는 와중에 정말 기특한 판단을 했죠? 하마터면 포르투갈 최고의 식당을 지나칠 뻔했지 뭐예요.

남편을 앉히고, 주변 식탁을 둘러보니 따뜻한 수프가 보였어요. 맑은 국 같기도 한 초록색 수프. 둥근 배, 둥근 얼굴에 둥근 미소를 지닌 당신에게 그 수프부터 달라고 말했죠. 그랬더니 당신이 말했잖아요.

"장담하건대, 포르투갈에서 제일 맛있는 수프야! 정말이야!"

당신의 말도 안 되는 허풍에 우리 둘은 동시에 웃음을 터뜨렸어요. 그 웃음을 시작으로 둥근 기운이 우리를 잽싸게 감싸 안았죠. 그 순간, 먹어보지도 않은 그 수프가 우리에게 구원투수가 될 것임이 명확해졌죠. 진짜 포르투갈에서 제일 맛있는 수프인지는 확인할 길도 없고, 사실이 아니라도 정말 상관은 없었어요. 유럽에서 이렇게 따끈하고 맑은 국 같은 수프를 받았으니 뭘 더 바라는 건 도둑놈 심보죠.

근데 대반전은 뭔지 알아요? 그 수프가 정말 끝장나게 맛있었다는 거예요. 한국의 고깃국처럼 순식간에 우리의 몸을 데워줬어요(그게 그 집의 독특한 수프가 아니라, 포르투갈 국민 수프인 칼두 베르드Caldo verde라는 건 나중에 알게 되었지만). 우리가 당신을 향해 엄지를 들자, 당신은 우리를 향해 윙크를 했죠. 그 넉살에 우리 둘은 또 소리 내어 웃어버렸어요.

자, 이제 메인 요리를 주문할 차례였죠. 낯선 언어의 메뉴판을 한참 헤매고 있는데 당신은 그 둥근 배를 앞세우며 잽싸게 우리 테이블로 왔죠. 뭘 추천해주려나 싶었는데, 또 허를 찔렸네요. 당신이 이렇게 말하고 바로 뒤돌아섰으니까요.

"하나만 시켜. 하나면 충분해."

뭐죠, 이 세상 끝의 쿨함은. 너무 쿨해서 베일 뻔했잖아요.

단호한 당신 말만 믿고 메인 요리를 하나 주문했죠. 그새 발다친 것도 까먹고 화이트 와인을 주문하려는 우리에게 당신은 또 말했죠.

"죽이는 와인이 있어. 최고야. 날 믿어."

무슨 비싼 와인을 내주면서 그렇게 말하면 말도 안 해요. 그냥 하우스 와인을 내줄 거면서 그 허풍은 또 뭐예요. 근데 겨우 몇천 원짜리 와인이 또 왜 이렇게 맛있는 걸까요.

따뜻한 수프와 요리와 화이트 와인과 허풍까지 배부르게 먹었더니 몸이 서서히 데워지더라고요. 남편이 갑자기 발목이 괜찮아졌다고 말할 정도였으니까요. 당신의 허풍만큼이나 남편의 그 허풍도 무해했지만, 그렇다고 제가 쉽게 속을 사람은 아니죠. 당신이 약국을 알려줬죠. 저는 냅다 뛰어가서 약사에게 증상을 설명하고, 약을 사서 발라주고, 압박붕대까지 감아줬죠.

어쨌거나 한 발자국도 움직이기 힘들어하는 남편을 데리고 무사히 숙소로 돌아왔어요. 당신이 내어준 따뜻한 요리와 따뜻한 허풍 덕분이에요. 결코 약의 힘이 아니었어요. 지금 남편은 따뜻한 물주머니를 발목에 올리고 쉬는 중이에요. 나머지 일정은? 당분간 취소입니다. 아무리 와이너리 투어가 유명한 포르투이지만. 그 와이너리들은 이 숙소 바로 옆과 뒤에 가득하지만 우리에게는 해당 사항이 없는 이야기예요.

심심해서 어쩌냐고 걱정하지 않으셔도 돼요. 여행 시작 겨우 이틀 만에 그런 일이 벌어져서 어쩌냐고 속상해하지 않으셔도 돼요. 이번엔 저의 직감이 저를 구원할 차례인가 봐요. 무슨 말이냐고요? 이상하게 여행 출발 전부터 저는 유독 포르투 숙소에 매달렸거든요. 기준은 단 하나. 포르투의 가장 유명한 관광지, 리베이라 지구를 언제든지 볼 수 있는 창문이 있는 숙소! 완벽한 창문 하나가 있는 숙소를 찾아서 얼마나 많은 사이트를 얼마나 오래 헤맸는지 몰라요. 여행을 떠나서도 집 안에만 머무를 사람처럼 창문 하나에 집착했어요. 맞아요. 집착이죠. 가보지도 않은 도시의, 본 적도 없는 풍경을 향한 집착이라니. 하지만 오늘이 지나고 나니, 그 집착은 여행자의 직감에 가깝지 않았나 싶네요. 그 직감 덕분에 저는 완벽한 창문 앞에 난파되었습니다.

지금 창밖은 온통 푸른색입니다. 푸른 안개가 리베이라 지구 특유의 색감들을 모두 장악해버렸죠. 빨간색도 노란색도 초록색도 지금은 숨죽이고 있어요. 점점 하늘은 분홍색으로 바뀌어가는 중입니다. 그 색에 답이라도 하는 것처럼 도시의 조명이 하나둘 켜지고 있어요. 곧 사람들은 푸른 안개의 흔적을 잊고 그 노란 조명 아래 모이기 시작하겠죠. 그 조명 아래에서 이 도시가 얼마나 아름다운지 감탄하기 시작하겠죠. 어떤 순간에라도 아름다울 수밖에 없는 운명을 타고난 도시니까요.

까만 밤이 지나가고, 아침이 되면 이제 강가는 새들의 몫이에요. 수많은 새들이 강 위를 날고, 물 위를 휘젓고, 수면을 탁탁 치며 기이한 리듬을 만들어내죠. 저는 이른 아침부터 창문을 활짝 열어둘 거예요. 그 소리를 들으며 전날의 안개 따위는 나 몰라라 말갛게 갠 리베이라 지구의 얼굴을 또 넋놓고 바라보겠죠. 잠깐 등을 돌리면 사라질 얼굴이라도 되는 것처럼, 로션 하나를 바를 때에도 그 창문 앞에 서겠죠. 밤에도, 새벽에도, 아침에도, 오후에도, 비가 올 때에도, 안개가 낄 때에도, 흐릴 때에도, 저녁 무렵 불이 켜지기 시작할 때에도 내내 그곳에 서 있을 거예요. 덕분에 저에게는 너무나도 다양한 포르투의 얼굴이 남겠죠.

작은 방이 있고, 작은 창이 있습니다. 그 창으로 각양각색의 포르투가 시도 때도 없이 들어오네요. 아름다움을 앞세우고. 세상을 구원할, 아니 우리를 구원할 아름다움을 앞세우고 들어오네요. 감사 인사가 많이 늦었어요. 당신 덕분에 이 아름다움에 무사히 갇힐 수 있었습니다.

감사합니다.

2013년 12월
민체

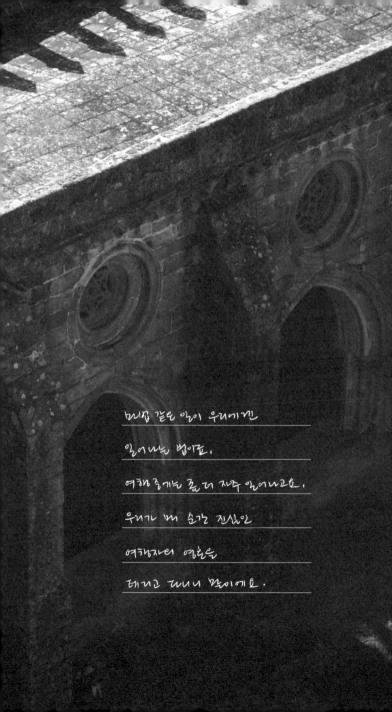

며칠 걸리던 일이 우리에겐

일어나는 법이죠.

여행 중에는 좀더 자주 일어나고요.

우리가 매 순간 진심으로

여행자의 영혼을

데리고 다니니 말이에요.

몇 개의 계절을 지나

Aran islands, Ireland

보미에게

'척박하지만 아름답다'.

여행책 속의 이 한 문장 때문에 내가 어디까지 온 줄 아니?
여기는 아일랜드의 아란섬이야. 처음 듣지? 너의 선배님은
신혼여행을 떠날 때만 해도 이렇게 멀리까지 가는지는 꿈에
도 몰랐을 거야. 뭐, 앞으로 이 여행이 어디로 이어지는지도
너의 선배님은 알지 못하지.

아무것도 모르는 사람을 데리고 오늘 아침 아란섬에 도착했
어. 이렇게 말하니까 무탈한 여행 같지만, 여기까지 오느라
얼마나 고생한지 몰라. 심지어 비행기도 놓쳤다니까. 신혼여
행 비행기를 도대체 누가 놓치나 싶었는데 그게 바로 나더라
고. 이 이야기는 너무 기니까 만나서 해줄게. 여하튼 배에서
내리자마자 호객하는 마차를 물리치고, 관광버스의 유혹에
도 넘어가지 않고 바로 자전거부터 빌렸어. 이 섬은 크기가
어중간하게 커서 걸어 다니기엔 너무 크고, 차를 빌리는 것
도 만만치 않고(물론 우리 둘 나 운전도 못하지만) 답은 하나밖

에 없더라고. 자전거. 자전거를 못 타는 너한테는 추천하고 싶은 섬이 아니긴 하지. 하기야 술을 못 마시는 네가 아일랜드에 오고 싶어 할 리도 없겠구나. 그런데 왜 여기서 너한테 편지를 쓰는 거냐고? 끝까지 읽어봐.

아일랜드를 신혼여행지로 정하긴 했지만, 주변에 아일랜드에 대해 물어볼 사람은 아무도 없었잖아. 솔직히 말하자면, 아일랜드가 어디 있는 거냐고 묻는 사람이 더 많았지. 한국어로 된 아일랜드 여행책도 하나 없고. 별수 있나. 결혼 6개월 전부터 영어로 된 아일랜드 여행책을 사서 읽고 읽고 또 읽었어. 책에서는 다른 무엇보다 아일랜드 날씨에 대해서 경고하더라고. '하루에 사계절'이라고. 무슨 말인가 싶지? 그러니까 여행책엔 이렇게 적혀 있었어.

아일랜드 날씨에 대해서 말해줄 수 있는 것은 거의 아무것도 없다. 단 하나의 공식만 기억하라. 하루에 사계절이 다 지나간다.

설마 진짜 그럴까 싶었는데 매 순간 아일랜드의 날씨는 스스로의 진가를 우리에게 증명하더라고. 응, 오늘도 어김없이. 자전거를 빌리고 달리기 시작할 때만 해도 날씨가 좋았어.

근데 순식간에 비가 내리기 시작하더라고. 주변에 건물도 하나 없는 그야말로 시골길 한복판에서 폭우를 만나면 어떻게 대응해야겠니. 무대응. 응. 무대응만이 답이야. 비가 와도 아랑곳하지 않고, 해가 나도 또 그러려니 해야 해. 날씨에 대해서만은 도 닦는 심정으로 일관해야 해. 비에 난감해하다가도 1분 후엔 갑자기 해가 쨍쨍이거든. 해에 기뻐하며 밖으로 나가잖아? 보이는 것과 달리 폭풍우가 몰아치고 있어서 또 1분 후엔 비에 젖은 생쥐가 되어버려.

도대체가 대응을 할 수가 없는 날씨야. 우산은 꿈도 못 꾸지. 미친 바람이 불거든. 얼마나 미친 바람이냐 하면 45도 각도로 자란 나무도 있더라. 진짜 나무가 바람한테 뺨을 거세게 맞은 모양으로 자랐어. 아일랜드 날씨의 성질머리에 통달한 우리는 비가 와도 계속 달렸어. 그러다 맞은편에서 달려오는 자전거와는 서로 눈인사도 나눴고. 근데 반가워하는 인사가 아니라 왜 그런 거 있잖아. '날씨가 참…… 지랄이죠?' 싶은 자포자기의 눈빛으로 오가는 인사. 그래. '척박'이라는 단어를 날씨로 표현한다면, 땅으로 표현한다면 고스란히 이곳이 될 거야.

비가 좀 그칠 땐 돌담 위에 나란히 앉아서 밥을 먹었어. 왠지 식당을 찾기가 힘들 것 같아서 섬에 들어오기 전에 장을 봤었거든. 바게트 빵을 자르고, 그 안에 햄과 치즈를 끼워서 오빠도 하나 주고, 나도 하나 먹었지. 음료는 당연히 맥주. 이건 아일랜드에 대한 예의랄까. 후식으로는 자몽 하나씩. 그런데도 배가 안 차잖아? 그럼 길에 지천으로 널려 있는 블랙베리를 따 먹으면 돼. 소들의 간식인 것 같은데, 우리가 좀 따 먹어도 소는 아무 상관 안 해. 이곳엔 하늘, 땅, 바다, 지랄맞은 날씨, 그리고 블랙베리가 있거든. 그만큼 많아. 오빠는 신혼여행까지 와서 유스호스텔을 예약해놓고, 식당 대신 돌담 위에서 점심을 해결하고, 길에서 후식까지 해결하는 내가 낯설 만도 한데, 딱히 상관을 안 하는구나. 기이할 정도로 무던하고 이해가 안 될 정도로 내 앞에서는 자기주장이 없는 사람이야. 덕분에 나는 내가 가고 싶은 방향으로 매 순간 직진이고.

그런 나도 멈춰 서는 곳이 있지. 이 섬에 온 모두가 멈추는 곳, 바로 둔 앵거스(Dún Aonghasa)야. 끝도 없는 절벽 바로 옆에 세워진 기원전 요새지. 그곳에 이르면 모두 자전거를 바닥에 버려놓고 걷기 시작해. 자전거 잠금장치 같은 건 없어. 아무도 자전거에 신경 안 써. 모두 자연을 신경 쓰느라 너무 바쁘거든.

온 사방이 너무 광활하고, 우리는 너무 작고, 큰 나무는 아예 생존을 할 수 없는 척박한 땅에 노란 들꽃만은 지천이야. 그 땅을 걷고 있으면 마치 『반지의 제왕』 속 호빗이 된 기분이랄까. 악의 군주인 사우론처럼 혹독한 바람을 이겨내며 골룸처럼 종잡을 수 없는 땅을 걸어 절벽에 도착하잖아? 그럼 덩치가 큰 어른들까지 모두 엎드리는 수밖에 없어. 바람이 몸을 훅 밀어서 순식간에 절벽 아래로 떨어질 것 같은 기분이거든. 갑자기 누군가가 떨어져도 하나도 이상하지 않을 것 같은 바람이거든. 그 와중에 바다엔 갑자기 무지개야. 무지개 사진을 찍다 보면 바다 저 멀리에서 또 비구름이 몰려오고 있어. 진짜 저게 비구름일까 의심하는 찰나, 구름은 우리 머리 위로 밀려와 어김없이 비를 뿌리기 시작해. 그러다 보니 나중엔 여행책에 나온 문장을 좀 수정하고 싶더라고. '하루에 사계절'이 아니라 '한 시간에 사계절'이라고.

하루 종일 이 섬에서 자전거를 타면서 우리는 도대체 몇 개의 계절을 지난 건지 모르겠어. 덕분에 완전히 지쳐버렸어, 몸도 마음도. 마음이 왜 지쳤냐고? 그 척박하고 시시각각 달라지는 땅에 완전히 반해버렸거든. 내내 감탄하고 순간순간을 마음에 새겨 넣다 보니 마음까지 완전히 지쳐버리더라.

그럴 땐 펍이 우리를 구원하지. 펍이 보이길래 누가 먼저랄 것도 없이 오빠랑 나랑은 그쪽으로 향했어. 동양인이 들어서면 언제나 시선 집중. 우리 옆에 앉아 있는 할아버지가 먼저 말을 붙이더라. 할아버지와 수다를 떨고 있자니 두 청년이 들어와서 합석을 하더라고. 동네 주민인 줄 알았더니, 뉴욕에서 온 여행객이었어. 나는 기네스 덕분에 한껏 여유로워진 얼굴로 그들에게 내 감동을 전했지.

"오늘 하루 종일 자전거를 타고 아란섬을 돌았는데 엄청난 경험이었어요. 다시는 못 올 곳이라 생각하고 아란섬에 도착했는데, 기필코 다시 와야 할 것 같아요."
"우리도 다시 온 거예요. 뉴욕에 갔는데 너무 생각나서 결국 다시 와서 일주일째 머무르고 있어요. 꼭 다시 오세요. 꼭 다시 오게 될 거예요."

'척박하지만 아름답다'.
여행책 속의 이 한 문장 때문에 여기까지 왔다고 말했지? 이 사람을 만나서 결혼까지 하게 만든 너의 한 문장이 있었다는 걸 아니? '대학원생이지만 너랑 잘 어울리는 사람이다'. 누구보다 나를 잘 아는 네가 그렇게 말하니까 나는 한번 믿어보기로 한 거야. 너는 알잖아. 나는 좋고 싫음이 매 순간 극명하게 교차하는 아일랜드 날씨 같은 사람이라는 걸. 근데 그런 나와 잘 어울리는 사람이라니. 대학원생인 건 문제가 아니었지. 실은 오래전에도 넌 이렇게 말했잖아.

"우리 과에 선배가 한 명 있는데, 나중에 꼭 그런 남자 만나."

그땐 무려 20대 초반이었는데 말이야. 그러더니 몇 년 후엔 진짜로 그 선배를 소개시켜줬고 나는 그 사람과 연애하고 결혼하고 이 먼 곳까지 신혼여행을 오게 된 거잖아.

너한테만 하는 이야기인데, 나는 오늘 하루가 앞으로의 우리 결혼 생활 같지 않을까 생각했어. 비가 내리겠지. 억수같이. 햇볕도 내리쬐겠지. 때론 따뜻하게, 때론 감당이 안 될 정도로. 오빠가 대학원생이고 내가 회사원이라는 것에 대해서 사람들은 말을 많이 하겠지. 자기들 마음대로. 무지개가 뜰지도 모르지만 그게 언제 뜰지는 몰라. 바람이 많이 불 거고, 제대로 된 식사를 차릴 여유는 잘 없을지도 몰라. 싸우기도 하겠지. 서로 미워도 하겠지. 그러다가 또 해가 뜨겠지. 겨울인가 싶었는데 또 갑자기 여름일 거야.

그래도 다 괜찮을 것 같아. 이번엔 안심해도 될 것 같아. 이 사람이 내 옆에서 언제나 지중해의 햇살 모드니까. 겨울에도 온기로 가득하니까. 나는 이런 꺼지지 않는 따뜻함을 경험해본 적이 한 번도 없는데, 이런 따뜻함이 내 것이 될 수 있을 거라고는 상상도 한 적 없는데. 내가 익숙해하든 말든 이 사람은 나에게 한결같으니까 괜찮을 거야. 척박할지라도 아름다울 거야. 광활하고, 바람 불고, 아무것도 없어도, 모든 것이 있을 거야. 오늘 아란섬처럼.

신혼여행이라 내가 너무 감상적이지? 편지가 너무 길어졌네. 아무튼 고맙다는 말을 하고 싶었어. 중학교 1학년 때의 짝꿍이, 매일 시시껄렁한 농담만 주고받던 친구가, 세상 제일 영양가 없는 관계라 말하면서도 10년 넘게 꼭꼭 붙어 다닌 친구가 이런 남자를 내게 보내줄 거라고 누가 생각했겠니.
정말 고마워. 이 말을 꼭 하고 싶었어. 평생 고마울 거란다.

2010년 아란섬드에서
15년 지기 친구, 민정

역시 사랑은 맛있네요, 슬란차!

Dublin, Ireland

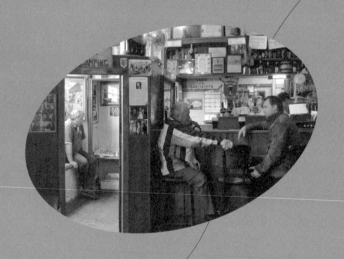

아일랜드 술꾼 아저씨에게

아저씨, 질문이 있어요. 제가 영어가 좀 짧아서 이해가 되실 지는 모르겠는데, 너무 궁금해서 정말 너무너무 궁금해서 펜을 안 들 수가 없었어요. 술 마시고 쓰는 편지냐고요? 아니 무슨 그런 질문이 다 있대요? 아일랜드에서 이 시간에 술 안 마신 사람이 어디 있나요. 거리엔 한 집 건너 한 집꼴로 펍이지, 그 많은 펍엔 또 사람들이 가득가득하지, 이 저녁에 아일랜드에서 술을 안 마시면 도대체 뭘 하겠어요? 당연히 저도 마셨죠. 음…… 몇 잔 마셨더라? 한 잔, 두 잔, 음…… 적당히 마셨어요. 적당히 많이? 헤헤.

아까 펍에서 아저씨 옆자리에 저랑 남편이 앉았었거든요. 동양인 두 명 기억하세요? 저희는 신혼여행으로 한국에서 여기까지 날아왔어요. 왜냐고요? 아니 뭘 그런 걸 또 물으실까. 당연히 술 때문이죠. 친구 중 한 명은 입국관리소에서 "아일랜드에 친구를 만나러 왔어. 그의 이름은 기네스"라고

155

말해서 단숨에 통과되었다는데, 저도 정확하게 같은 목적으로 입국했습니다. 펍에서 술 한 잔, 아니 두 잔, 아니 열 잔 마시러 온 거죠. 안 마실 수 없잖아요. 그죠? 아저씨도 동의하죠? 그런 의미에서 슬란차(Sláinte. 아일랜드 말로 '건배')!

솔직히 너무 맛있잖아요. 저는 아일랜드에 도착해서 처음 기네스를 마신 순간, 미친 듯이 흔든 맥주 캔 하나가 머리 위에서 펑 하고 터진 기분이었어요. 온몸의 세포들이 맥주 샤워에 기뻐 날뛰기 시작하는데, 도대체 정신을 차릴 수가 없더라고요. 그 맥주 한 잔이 지금까지 제가 마신 모든 기네스를 순식간에 가짜로 만들어버린 거 있죠? 뭐 유명한 펍에 가서 마신 것도 아니에요. 관광지 가는 길에 있는 휴게소에서 마신 게 저의 아일랜드 첫 기네스였는데, 뭐, 너무 어이가 없는 맛이어서 더 설명할 수도 없네요. 이 땅은 도처에 술에 대한 진심이 흐르는구나,라는 걸 단번에 알았잖아요. 아, '진심'이라는 표현으로는 부족한가요? 그럼 '사랑'이라는 표현은 어떠세요? 그게 더 좋다고요? 그래요, 사랑, 찐사랑, 찐찐사랑. 이게 사랑이 아니라면 뭐가 사랑이겠어요. 슬란차. 캬. 역시 사랑은 맛있네요.

사랑하는 사람을 더 알고 싶고, 더 가까이에서 느끼고 싶은 것은 인지상정이잖아요. 당연히 더블린 기네스 팩토리에도 갔죠. 아, 아저씨는 안 가셨다고요? 그럴 만도 해요. 서울 사람도 63빌딩은 잘 안 가거든요. 63빌딩이라고 서울에 63층짜리 건물이 있는데……아, 뭐 중요하진 않으니까 넘어가시죠. 어쨌거나 관광객들이 버글버글하더라고요. 저희 투어 순서를 기다리며 옆에 걸려 있는 영어 문장을 읽었는데, 그거 진짜예요? 아일랜드에는 과음을 방지하기 위한 법이 있다면서요? 하루에, 한 사람이, 한 펍에서 마실 수 있는 양이 제한된다고 적혀 있더라고요. 그 밑의 숫자를 보는 순간, 저는 제가 아침부터 술 취해서 잘못 읽은 줄 알았어요. 제가 아침부터 술 마시는 그런 술꾼은 또 아닌데 말이죠. 여하튼, 마흔두 잔이요? 하루에, 한 사람이, 한 펍에서 마실 수 있는 양이 마흔두 잔이라고요? 술 먹다 죽으라는 법인 걸까요. 그래도 여자들은 알코올에 약하다는 걸 감안해서(꼭 그렇지도 않습니다. 저를 보면 아시겠지만) 숫자를 반으로 줄여놨더라고요. 그래서 스물한 잔. 스물한 잔이요!!!!! 스물한 잔이면 건장한 남자에게도 치사량 아닐까요? 그 법이 진짜 있는 법 맞나요? 기네스 팩토리에서 장난을 친 걸까요? 뭐 별 관심 없으시다고요? 하기야 마흔두 잔이든 스물한 잔이든 열 잔이든 그 제한이 무슨 소용이겠어요. 바로 옆집이 또 펍인 이 나라에서, 그 옆옆

집도 펍인 이 나라에서, 한두 잔 마시다가 옮기면 그만이죠. 국회의원들이 해야 할 일은 안 하고 쓸데없는 법만 제정하는 건 아일랜드도 마찬가진가 봐요. 또 건배 한번 할까요? 잠깐만요. 저는 다음 잔을 시켜야겠네요. 기네스 한 잔 더요!

언젠가 친구가 저에게 해준 이야기가 떠올랐어요. 영국과 아일랜드에서는 '영국여왕상'이 노벨상 비슷한 권위를 지녔다면서요? 근데 기네스 캔 안에 있는 동그란 볼 아시죠? 캔을 따는 순간, 그 볼에 갇혀 있던 질소 가스가 터져 나오면서 펍에서 마시는 것처럼 풍부한 거품을 내게 하는 발명품이요. 아, 관심 없으시다고요? 그렇겠죠. 집 앞에 나오기만 하면 이렇게 훌륭한 생 기네스를 마실 수 있는데, 누가 바보같이 캔으로 마시겠어요. 갑자기 또 슬퍼지네요. 슬프니까 맥주 한 모금 마시고. 꿀꺽. 마실 때마다 감탄을 안 할 수가 없네요. 너무 맛있어서.

여하튼, 그 동그란 볼이 오래전에 영국여왕상에서 1등을 했대요. 근데 문제는 그때 2등은 인터넷이었다는 거죠. 신선한 맥주 기술이 인터넷보다 더 위대한 발명품이었다니! 술에 이만큼 진심인 사람들이 또 어디 있을까요. 존경합니다. 진심이에요.

술 마시러 아일랜드에 신혼여행을 오긴 했는데, 저희가 제일 반한 건 펍이에요. 카페가 되기도 하고, 낮부터 술의 성지가 되기도 하잖아요. 심지어 브레이크 타임도 없어서 끼니를 놓친 사람들의 식당이 되고, 미치광이 아일랜드 날씨의 피신처가 되기도 하는 곳. 비슷비슷해 보이지만 각 펍마다 개성이 다 다르고, 하나같이 오래되었잖아요. 그리고 어쩜, 하나같이 아일랜드 전통음악을 틀어놓고 있을까요. 심지어 밤에는 라이브로 연주하잖아요.

잠깐 그중 최고의 경험을 말해도 될까요? 며칠 전 골웨이 펍이었어요. 온갖 전통 악기들의 반주에 맞춰서 노래를 하던 할아버지가 갑자기 '쉿!' 하는 손짓을 했어요. 그 순간, 정말로 순식간에 그 큰 펍이 갑자기 조용해지더라고요. 다들 음악에 집중하고 있었던 것도 아니었는데. 어떻게 그렇게 순식간에 기네스의 촘촘한 거품과도 같은 침묵이 펍 전체를 덮었을까요. 그 거품을 뚫고 나온, 반주도 없이 부르던 할아버지의 목소리는 또 어떻게 설명해야 할까요. 저는 며칠이 지난 지금도 수시로 그 노래를 머릿속에서 재생 중이에요. 펍의 마법을 한번 경험하고 나니까 낮에도 밤에도 들르지 않을 수가 없더라고요. 낮술의 핑계가, 좋죠? 슬란차.

이건 나중에, 지금으로부터 7년도 더 지난 후에 제가 발견하게 되는 사실인데요. 술에 취하니까 제가 별 이야기를 다 하네요. 미래 이야기라니. 어쨌거나 세계 어디에서나 여행자를 구원하는 곳도 아이리시 펍이더라고요. 이태리 시골 마을에서 오후에 모든 가게들이 시에스타(Siesta, 오후 낮잠 시간)로 문을 닫을 때에도 아이리시 펍은 열려 있었어요. 베네치아에서 모든 가게들이 영업을 끝내는 그 시간에 저희를 구원해준 곳도, 싱가포르에서 낮에 갑자기 내린 폭우로 쫄딱 젖어버린 저를 구원해준 곳도 아이리시 펍이었어요.

물론 이 편지를 쓰는 2010년의 시점에는 제가 나중에 다른 나라에서도 아이리시 펍을 찾아다닐 거라는 사실을 꿈에도 모르고 있죠. 누군가는 여행을 하다가 지치면 전 세계 어디서나 똑같은 스타벅스에서 안식을 찾는다고 그러던데, 저희에겐 명백히 아이리시 펍이에요. 그러니 아셔야 해요. 이렇게 좋은 펍들이 지천에 깔려 있는 곳에 사는 게 얼마나 복인지. 어이구, 이 복 많은 아저씨 같으니라고. 쭉 마시세요. 원샷!

아, 근데 왜 편지를 썼냐고요? 아, 맞다, 맞다. 술 마시며 술 이야기를 하다 보니 용건을 까먹을 뻔했네요. 술 마시면 이게 문제예요. 자꾸 하려던 이야기를 까먹고 먼 동네 이야기만 하게 된다니까요. 술을 끊든지 해야지. 쯧쯧. 아까 전에 아저씨 옆에 저희가 앉아 있었거든요. 저희는 한국에서 온 신혼여행 커플. 아, 그 얘기는 했다고요? 진짜요? 그럴 리가 없는데…… 왜 기억에 없지…… 아, 술 취한 건 아닌데…….

정신 좀 차리고 물어보자면, 음, 아까 왜 그러신 거예요? 아까 제 옆에서 맥주 한 잔을 시켜놓고, 그걸 반도 마시기 전에 또 한 잔을 시켜서 옆에 두고 계셨잖아요. 기네스를 두 잔 시켜놓고 드시는 거라면 제가 또 이해를 해요. 기네스는 거품과 술이 딱 분리될 때까지 시간이 걸리니까. 술이 없는 잠깐의 틈도 허용할 수 없다! 이런 마음, 제가 이해한단 말이죠. 근데 아저씨가 마신 건 하이네켄이었잖아요. 라거 맥주를 누가 두 잔 시켜놓고 마셔요. 그럼 안 돼요. 라거는 차가운 게 생명이라니까요. 차갑게 막 나온 라거를 한 잔 쭉. 캬. 탄산에 목이 따끔따끔. 그게 기본이라고요. 아저씨만 그런 게 아니라, 제가 펍들을 돌아다니다 보니까 그렇게 두 잔 시켜놓고 드시는 분들이 꽤 있더라고요. 그렇게 먹으면 맥주가 순하니 더 맛있어지나요? 아님 도대체 이유가 뭘까요? 아까 전에는 술을 제가 덜…… 딸꾹…… 마셔서 차마 물어보질 못했어요. 지금처럼 더 마…… 딸꾹…… 셨다면 제가! 용기를 내서! 한국 여자답게! 패기 있게! 딸꾹! 물어봤을 텐데, 아깐 술이 너무 부족했네요. 지금은 너무 과하다…… 딸꾹…… 고요? 그러게요. 이제 자야겠어요. 담에 만나면 꼭…… 딸꾹…… 물어볼게요. 근데 딱 한 잔만 더 마시면 어떨까요. 딸꾹. 자기 전에 딱 한 잔만 더 슬란차! 담엔 꼭 같이 슬란차 할 수 있길! 아일랜드 술주정뱅이들, 제가 사랑하는 거, 알죠? 딸꾹. 사랑…… 진짜로…… 사랑합니…… 딸꾹…… 다…… 딸꾹.

감당할 수 있을 만큼의 모험

Portland, USA

지미 혹은 제이미에게

헬로 지미! 아니, 제이미였나요? 아님 제임스? 솔직히 말하면 J로 시작한다는 것 말고는 아무것도 기억나지 않아요. 당신도 제가 누군지 전혀 기억이 없죠? 벌써 1년이나 지난 일이잖아요. 이렇게 말하면 좀 기억에 도움이 될까요? 딱 1년 전 저희 숙소 문이 잠겼을 때 당신이 문을 열어줬죠. 아니, 정확하게 말하면 당신이 열어보려다가 결국 실패를 했고, 당신 보스가 출동해서야 간신히 열렸죠. 당신도 보스까지 불러내는 일은 처음이라 그랬잖아요. 이제 좀 기억이 나나요?

그날은 여행 마지막 날이었어요. 마지막 날은 각종 아쉬움이 파티를 벌이잖아요. 그 식당도 못 가봤네, 그것도 못 먹어봤네, 거긴 꼭 가보라고 사람들이 추천했었는데, 그 동네에 한번 더 가보고 싶었는데, 아니 아무 데도 안 가고 우리 동네에서 한량 놀이를 했어야 하는데. 무슨 코스 요리처럼 매 순간마다 아쉬움이 다른 방식으로 요리되어서 우리 입 안에서

서걱서걱 씹히죠. 심지어 돌아가자마자 출근을 해야 하는 회
사원은 그 모든 아쉬움마다 한숨을 곁들이죠.

부질없다는 걸 잘 알면서도 어떻게든 여행의 시간을 늘려보
기 위해 머리를 잔뜩 굴렸어요. 제일 좋았던 술집에 가서 술
을 진탕 마실까, 아니면 작은 공연장에라도 가볼까. 근데 아
무리 머리를 굴려보아도, 아이디어를 눈덩이처럼 굴려보아
도, 다음 날이면 공항으로 가야 한다는 사실은 변하지 않더
라고요. 남편이 말했어요. 그러지 말고 숙소에 가자,라고. 짐
을 정리하고, 마음 편하게 숙소에서 맥주 한잔 마시자고.

아쉬움의 파티가 대환장 파티로 바뀌는 데는 그다지 오래 걸
리지 않았어요. 숙소에 도착은 했는데, 문이 꽉 잠겨서 안 열
렸으니까요. 아예 꼼짝을 안 하더라고요. 문제는 잠근 적도
없는 문이라는 거였어요. 그 문을 열고, 그다음 문의 번호키
를 누르고 들어가는 구조였거든요. 잠근 적도 없는, 열쇠도
받은 적 없는 문이 잠기다니. 머릿속이 순식간에 텅 비어버
렸어요. 포틀랜드의 유일한 동아줄, 집주인에게 다급하게 연
락했더니 주말이라서 교외에 나와 있다고 말하죠. 우리는 더
이상 아는 사람도 없죠, 휴대폰 배터리는 얼마 안 남았죠, 환
장할 노릇이었어요. 집주인이 열쇠공에게 연락을 해보겠다

고 말했지만, 여긴 한국이 아니잖아요. 열쇠공이 오늘 밤 안에는 올지 장담할 수 없었죠. 다급한 마음에 저는 집 앞 모퉁이에 있는 슈퍼로 달려갔어요. 혹시 거기에서 어떤 도구를 발견할 수 있을까 싶어서요.

뭔가를 다급하게 찾는 저를 보더니 점원이 뭘 찾느냐고 묻더라고요.

"My house is locked(집이 잠겨서)……"

"Your house is robbed(집이 도둑맞았다고)??????????"

"No, No, I mean(아니 그게 아니라 내 말은)……"

당황해서 영어는 더 꼬여만 가고, 겨우겨우 상황을 다 설명했더니 그 점원이 말했죠.

"혹시…… 한국분이세요?"

이럴 수가. 하늘에서 튼튼한 동아줄 하나가 내려오고 있었어요. 익숙하지 않은 발음이었지만 명백히 한국어였죠. 재미교포인데 장인 장모가 하는 슈퍼마켓을 잠깐 봐주고 있는 거라 하더라고요. 그때 구석에서 또 다른 한국어가 들렸어요.

"여보, 지금 곤란하신 상황인 거 같으니까, 당신이 직접 가서 한번 봐봐."

그 순간만큼 반가운 한국어는 생전에 없었어요. 감사하다는 인사를 몇 번이나 하며 집 위치를 알려주고 저는 또 부리나케 달려왔어요. 잠시 후 우리에게 먼저 나타난 구원자는 당신이었어요. 마르고 큰 키에 긴 레게 머리를 하고 양손에는 공구함을 들고 있는 구원자. 슈퍼집 사위도 온다고 그랬죠, 당신도 왔죠, 이제 무사히 숙소 방에 들어가는 일만 남았어요. 들어가서, 짐을 싸고 내일 무사히 한국으로 돌아가는 일만 남았어요. 하루 종일 한국에 돌아가기 싫어서 발악을 하던 사람은 도대체 어디로 갔을까요? 순식간에 무사히 한국으로 돌아가는 일이 가장 간절한 소원이 되어버리다니요.
3분이면 끝날 거라 생각했어요. 그런데 30분이 넘어가도록 문은 꼼짝을 안 했죠. 별의별 도구를 열쇠 구멍에 다 집어넣어도 문은 완고하게 버텼어요. 그 완고한 문 앞에서 슈퍼집 사위가 먼저 포기를 했죠. 돌아서면서도 걱정이 된 건지, 자기 집 주소까지 적어주더라고요. 혹시라도 정말 혹시라도 못 들어가게 되면 자기 집으로 와도 된다고. 저는 웃으면서 대답했잖아요.

"제발 그런 일은 없었으면 좋겠어요. 정말 고마워요."

결국 당신도 포기하고, 보스와 영상통화를 했죠. 주말이라 집에 온 가족이 다 모여 시끌벅적하게 저녁을 먹고 있던 보스가 영상통화로 열쇠 구멍을 자세히 살펴봤죠. 당신에게 질문이 쏟아졌죠. 이렇게 해봤냐, 저렇게 해봤냐, 그걸 써봤냐, 저걸 써봤냐. 그 모든 질문 끝에 보스는 결국, 자기가 출동하겠다고 말했잖아요.

당신은 별일 아니라는 듯이 "보스가 오기로 했어요. 조금만 기다려요!"라고 말했지만, 당신이 괜찮지 않다는 건 한눈에 알 수 있었죠. 문 하나 여는 일도 제대로 못 해서 주말 밤에 가족들과 밥을 먹고 있는 보스를 불러냈으니까요. 게다가 솔직히 말해서 당신 보스는 정말 무섭게 생겼잖아요. 예전에 레슬링을 했다면 꼭 믿을 것 같은 외모에 절대 웃지 않는 얼굴. 당신은 초조하게 차와 문 앞을 오갔죠. 그러다 나와 눈이 마주치면 웃으며 어깨를 으쓱했죠. '난 이제 보스에게 죽었어'라는 의미와, '어쩌겠어, 내 능력 밖의 일인데'라는 의미를 오가는 어깨 으쓱. 그렇게 또 30분이 넘는 시간이 훌쩍 지나갔고, 보스가 도착했죠.

그거 알아요? 당신은 보스를 보는 순간 얼어버린 거. 당신

대신 제가 이야기를 할 수밖에 없었어요.

"문을 잠근 적도 없는데, 문이 잠겨버렸어요."

보스가 제 얼굴을 빤히 쳐다보며 다시 물었죠.

"문을 잠근 적이 없다고요?"
"네."
"안 잠갔는데 잠겼다고요?"
"네."

보스는 공구함에서 당신과는 완전 다른 도구를 꺼냈죠. 얇고 납작한 플라스틱 판. 꼭 저 어릴 적 책받침처럼 생긴 걸 꺼냈잖아요. 당신 보스는 주저 없이 플라스틱 판을 문틈으로 밀어 넣었죠. 그리고 자물쇠 부분까지 그 판을 쭉 내렸죠. 다시 한번 플라스틱 판을 문틈으로 밀어 넣고, 자물쇠 부분까지 쭉. 그러면서 당신에게 화난 어조로 말했죠.

"이것 봐. 자세히 봐. 이렇게 내려간다는 건, 안 잠겼다는 증거야. 어? 알겠냐고. 이 문은 안 잠겼다고. 어? 그것부터 확인을 했어야지. 그게 기본이라고!"

당신과 우리 부부 모두 어안이 벙벙했죠. 안 잠겼다고? 한 시간 반 넘게 이 문 때문에 고생했는데 안 잠겼다고? 보스는 한심하다는 듯이 고개를 절레절레 흔들며 그 건장한 팔로 문을 힘껏 당겼죠. 힘껏 더 힘껏. 그 순간 퍽 하는 소리와 함께 문이 열렸어요. 문이 끼인 거였죠. 문틈에 정확하게 끼여서 꼼짝도 안 하고 있었던 거예요. 보스는 쿨하게 퇴장하고, 당신은 축 처진 어깨로 공구를 정리하고 떠났죠. 덕분에 무사해졌어요. 미안하게도 당신은 그 밤, 결코 무사한 마음이 아니었겠지만.

말했죠? 그날은 여행 마지막 날이었다고. 모든 여행이 내내 좋기만 할 순 없죠. 근데 그땐 놀라울 정도로 좋은 순간만 있었어요. 아마도 포틀랜드에 제가 반해버려서 가능한 일이었겠죠. 매 순간 포틀랜드의 모든 것에 관대한 마음이었으니까요. 뭔가 중요한 것이 빠져 있다는 것을 깨달은 건 마지막 날이었어요.

그 여행의 심각한 결격 사유, 바로 모험이었어요. 놀랍도록 무탈한 여행. 사건 사고가 하나 있을 틈이 없었죠. 길을 잃으면 구글 지도를 켜면 되고, 배가 고프면 그 자리에서 보이는 식당의 별점을 검색해요. 딱히 그 음식이 안 땡기면 역시 구글 지도에서 먹고 싶은 메뉴를 검색해 가장 가까운 식당부터 먼 식당까지 순식간에 다 알아낼 수 있죠. 가고 싶은 식당까지의 거리가 애매하다? 그럴 땐 우버를 쓰면 되죠. 술 마시다 너무 늦어졌을 때에도 살짝 지쳤다 싶을 때에도 우버를 부르면 모든 상황이 완벽하게 봉합되었어요. 상처 따위는 남을 틈도 없죠. 게다가 이곳은 도시. 심지어 포틀랜드. 적당한 거리 유지와 아주 살가운 인사, 싱그러운 호의, 그리고 마지막엔 모두 쿨내 진동 향수를 풍기며 사라지는 여유까지.

고마운 일이죠. 여행이 무사히 잘 끝났다는 건. 동시에 서운한 일이기도 했어요. 이런 식의 여행 전문가가 되고 싶진 않았거든요. 현실 속의 제가 넘지 못하는 선을 여행자인 저는 훌쩍 뛰어넘길 바랐거든요. 좀 더 천방지축이었어도 좋았을 텐데, 조금은 어눌해도 재미있었을 텐데. 그게 참 어렵더라고요. 그래서 조금 솔직히 말하자면, 마지막 당신과의 그 사고가 저에겐 즐거운 일이었어요. 물론 무사히 해결되었기 때문에 즐거운 일이라고 말할 수 있는 거겠죠. 딱 그 정도 수위의 에피소드를 양념처럼 이 여행에 끼얹고 싶었던 걸지도 몰라요. 딱 소화하기 좋을 정도로 작고 가벼운 사고. 여행자의 이 간사한 마음을 어떻게 해야 할까요.

당신은 지난 1년간 더 나아졌나요? 당황하는 버릇 대신 조금 더 침착해졌나요? 어쨌거나 좀 더 전문가가 되었길 바라요. 16년 차 전문 사회인으로 살다가 1년 만에 포틀랜드에 다시 도착한 저는 우당탕탕 초보 여행자로 돌아가보려고 해요. 구글 지도를 덜 켜고, 누군가의 경험에 덜 귀 기울이고, 내 마음대로 이 도시를 종횡무진 돌아다녀보려고요. 아마추어에게만 주어지는 열매를 열심히 따 먹어보려고 해요.

오늘 포틀랜드에 도착하자마자 그 슈퍼에 다시 갔어요. 1년 전의 고마운 마음을 표현하기 위해 한국에서 선물까지 사 갔죠. 그새 주인이 바뀌었더라고요. 그때 알았죠. 미뤄도 좋은 것 중에 감사 인사는 없다는 걸. 그래서 당신에게도 감사 편지부터 쓰게 되었어요. 여행에서 모험을 하고, 좋은 사람들에게 도움을 받으면 기꺼운 마음으로 감사 인사를 하고, 매번 처음처럼 놀라고, 매번 다시없을 것처럼 행복해하며, 그렇게 이 여행을 이어가보려고 해요.

여행 끝엔 좀 더 단단한 발바닥과 종아리 근육과 마음 근육을 가졌으면 좋겠어요. 그리고 미안하지만 당신을 만나는 일은 없었으면 좋겠어요. 또 잠긴 문 앞에서 만나지는 말아요.

우리. 물론 맥줏집에서 우연히 만난다면 맥주 한잔을 살게요. 1년 동안 조금 더 전문가가 된 당신을 위해 기꺼이 건배할게요.

당신을 담아
2019년 포틀랜드에서
민철

작은 앤초비 모양의 행복

Syracusa, Sicilia

파니니 할아버지에게

시라쿠사에 간 이유를 딱 하나 꼽아볼까요? 바로 할아버지였어요. 정확히 말하면 할아버지가 만든 파니니가 시라쿠사의 이유였죠. 우연히 유튜브에서 봤어요. 시장 입구 가게에서 사람들에게 농담을 건네며 엄청난 양의 각종 시칠리아 치즈를, 각종 햄과 야채를 잔뜩 넣어서, 그야말로 때려 넣어서 만드는 할아버지의 파니니를 보는 순간 제 운명은 결정되고 말았죠. 심지어 기다리는 줄이 길어지면, 할아버지는 신선한 치즈를 툭툭 잘라 신선한 올리브유를 듬뿍 뿌리고 허브도 탁탁 뿌려서 사람들에게 나눠줬잖아요. 그 치즈도 먹고 싶었고, 그 파니니도 먹고 싶었고, 할아버지와 주고받는 웃음도 고팠잖아요. 솔직히 말하면 '시칠리아 시라쿠사에 파니니 할아버지가 있는데 말이야……'로 시작하는 자랑을 완성하고 싶었어요.

시라쿠사에 도착하자마자, 숙소에 짐을 내려놓고 바로 할아버지의 파니니 가게로 직행했죠. 얼마나 신났나 몰라요. 전날 밤, 이미 남편에게 자랑을 했거든요. 내일이면 우리가 이 파니니를 먹을 수 있다고. 엄청나게 큰 파니니지만 나는 두 개 먹을지도 모른다고 경고까지 해뒀죠. 하지만 파니니 가게 앞에서 저희를 맞이한 것은 엄청나게 긴 줄이었어요. 저희는 그 어떤 맛집도 줄을 서야 한다면 가지 않는 버릇이 있어서 당황했고, 할아버지가 그 정도로 유명할 거라고는 생각도 못한 터라 더 당황했어요. 심지어 지금은 비수기인데! 예상하지 못한 변수가 또 하나 더 있었죠. 할아버지의 기나긴 수다와 그 수다 덕에 더 늦어지는 파니니의 완성 속도. 1인분의 파니니를 만드는 데 솔직히 10분 넘게 걸렸잖아요. 이건 제 시라쿠사 계획에 전혀 없는 속도였어요.

30분 넘게 기다려 두 걸음쯤 움직인 것 같아요. 오후 3시가 넘어가고 있었고, 제대로 먹은 건 없고, 가만히 있지 않기로 했어요. 남편을 줄 세워놓고 저는 시장 안으로 달려갔어요. 뭐라도 요깃거리를 사서 나눠 먹어야 기다릴 힘이 생길 것 같았거든요. 시칠리아의 시장답게 각종 해산물과 과일과 야채가 어마어마한 색채와 크기를 뽐내며 좌판에 쌓여 있더라고요. 우리나라 무보다 더 크고 굵은 가지. 제 주먹 두 개를 합친 사이즈의 붉은 토마토. 상어 크기의 황새치. 하지만 그런 게 다 무슨 소용이겠어요. 저는 지금 장 보러 온 게 아닌 걸요. 급하게 문어 데친 걸 사서 다시 기나긴 대기 줄로 향했어요.

근데 남편이 안 보이더라고요. 점점 대기 줄 쪽으로 다가가며 눈으로 열심히 찾다가 그를 발견한 순간 저는 그 자리에 우뚝 섰어요. 아…… 그걸 뭐라고 표현해야 할까요. 사람이 희미해져 있었어요. 제가 좋아하는 그 사람의 어떤 부분도 남아 있지 않은 무채색의 존재가 거기 서 있더라고요. 지중해에 도착하자마자 무채색이 되어버린 사람이라니. 생기도 온기도 다 빠진. 꺼져버린 성냥 같은. 남편에겐 무의미한 줄 서기였으니까요. 제가 먹고 싶어 한다는 것이 그 기다림을 참는 유일한 이유였죠. 하지만 그는 파니니 하나 먹자고 거기까지 간 건 아니었거든요. 줄 서기 위해 그 먼 시칠리아 시라쿠사까지 간 건 더더욱 아니고요.

우선 우리 입에 문어 조각을 하나 넣고, 가만히 살펴봤어요. 두 시간을 기다리면 파니니를 먹을 수 있을까? 확신할 수가 없었어요. 할아버지는 지치지도 않고 수다를 떨고 있고, 할아버지 손은 영 일할 생각이 없고. 제 시선은 자꾸 옆 식당으로 향하더라고요. 아무리 봐도 오늘, 그러니까 12월 30일에 딱 어울리는 시칠리아 레스토랑이었어요. 정답고 북적이는. 분명 한낮의 해는 제 머리 위에 떠 있었는데, 그늘 속 그곳이 더 따뜻하고 더 풍요로워 보였어요. 그곳을 들여다볼수록 성냥팔이 소녀가 된 느낌마저 들더라고요. 구체적인 행복을 열망할수록 가난해지는 기분, 이해하실까요? 딱 파니니 모양으로 생긴 행복을 가지고 싶었는데 그 열망이 저를, 남편을 볼품없게 만들고 있었어요. 그 열망 덕분에 여기까지와서 자발적으로, 그야말로 온 힘을 다해 무의미한 시간을 만들고 있잖아요. 가난한 줄 서기의 행렬에서 벗어나 그 정다운 곳에서 연말의 의무를 다하고 싶다는 생각이 점점 강해지더라고요.

물론 보장된 것은 아무것도 없었어요. 그 음식점이 전형적인, 맛집 옆집일 수도 있잖아요. 줄 서기에 지친 관광객을 노리는 뻔하고 성의 없는 식당들처럼. 하지만 할아버지가 만드는 파니니에 행복이 있을 거라는 보장도 없잖아요. 지금 막 도착한 낯선 도시에서 보장된 행복을 찾다니. 보장된 행복, 그건 특정 음식에 있는 것이 아니라 지금 함께 있는 사람과의 사이에서만 존재하는 것 아닐까요. 생각이 여기에 미치자 저는 또 못 참고 줄을 이탈해 옆 레스토랑으로 향했죠. 막 식사를 마친 연인의 테이블을 잽싸게 잡았어요. 개선장군처

럼 남편에게 걸어갔죠. 당당하게 남편의 손을 잡고 파니니의
감옥에서 우리를 해방시켰어요.

이제 제 욕망에 납작하게 눌려버린 남편을 원래의 모습으로
되돌려놓을 차례였어요. 작은 접시마다 다른 음식이 담겨 있
는 모듬 플레이트를 주문했어요. 분명 요리를 시켰는데 안주
가 나오더라고요? 어쩌겠어요. 와인을 안 시킬 수가 없죠. 와
인 한 모금. 감자퓌레 위에 신선한 앤초비 한 입. 와인 한 모
금. 생선회 위에 파프리카절임을 올려 한 입. 와인 한 모금.
토마토 위에 생햄을, 치즈 위에 페스토를 올려서 또 한 입 한
입. 와인 두 모금.

이름은 몰라도 맛있고 신선한 요리들을 먹을 때마다 생기가
들어차죠. 무채색으로 변해버린 우리였는데 어느새 색깔이,
온기가 더해졌어요. 유난히 줄 서는 것에 재능이 없는 우리
라, 줄 서기를 포기하고 이곳에 들어와 정말로 다행이라 생
각할 정도의 맛이었어요.

좀 더 솔직히 말해볼까요? 할아버지의 집 앞에 줄 서 있는
사람들에게 보여주고 싶은 맛이었어요. 시라쿠사의 영혼이
파니니 모양으로만 생긴 게 아니라고. 작은 접시 안의 앤초
비 모양으로도 생겼다고 말해주고 싶었어요. 한 도시의 영

혼은 어디 한 곳에 고정되지 않는 법이라고, 당신 영혼에 꼭 맞는 이 도시의 영혼을 찾아보라고 말해주고 싶었어요. 우리는 우리의 성급함에 꼭 맞는 행복을 옆집에서 찾고야 말았으니까요.

물론 이야기는 여기에서 끝나지 않습니다. 저는 이상한 사건 사고로 에펠탑에 도착하지 못하게 되는 에피소드도 갖고 싶고, 결국 에펠탑 인증 사진도 가지고 싶어 하는 사람이거든요. 그러니까 파니니 못 먹은 에피소드는 가졌으니, 파니니도 가지고 싶었어요. 말했잖아요. 할아버지의 파니니가 이 도시에 온 이유 중 하나라고. 그리하여 시라쿠사를 떠나기 직전, 그러니까 1월 2일 아침에 할아버지 가게에 다시 들렀어요.

내내 맑고 화창하던 시라쿠사가 비와 돌풍으로 산발이 된 아침이었어요. 아니나 다를까, 파니니 가게도 오전 영업은 쉬어간다더라고요. 남편에게 말은 안 했지만, 저는 다음 기회에 할아버지의 파니니를 꼭 먹어볼 생각입니다. 여전히 줄 설 생각은 없어요. 줄 서는 데는 재능이 얼마나 없는지 이번에 제대로 깨달았으니까요. 대신 아침 일찍을 노려보려고요. 아침에, 가장 기운이 팔팔한 할아버지를 만나면 오늘의 이야기를 해줄게요.

맞아요. 다시 시칠리아에 갈 거예요. 할아버지의 파니니를
먹으러. 그때까지 건강히 차오(Ciao).

2018년 1월 20일
민정선

국물과 한식의 DNA

Firenze, Italy

언젠가 나한테 해준 이야기 기억나? 이야기의 시작은 파리의 밤 풍경이었지. 정말로 오랜만에 남편도 아이들도 없이 혼자 파리에 도착한 너는 곧바로 파리의 낭만으로 직행했지. 호텔 앞의, 근사해 보이는 레스토랑 야외석에 자리를 잡고 앉았잖아. 술을 잘하지도 못하는 네가 와인도 한 병 시켰지. 마치 영화 「미드나잇 인 파리」의 주인공이 된 기분이었을 거야. 프랑스어가 공기에 연하게 섞여서 들려오고, 조명은 노랗고, 살짝 외롭기도 하면서 동시에 외로움이 너무 반가운 상태. 그 와중에 맛있는 음식은 코스로 천천히 계속 나오고 있고. 오래도록 음미하고 싶은 우아하고 맛있는 외로움이지. 그래, 다 이해해. 그날의 과음도 다른 사람은 몰라도 나는 충분히 다 이해해.

다음 날 아침 죽을 것 같은 기분으로 눈을 떴다고? 진짜 20대 이후로 그렇게 술을 마시고, 그렇게나 괴로웠던 적은 처음이라고 네가 말했지. 죽으라는 법은 없다고 문득 가방 안의 컵 라면이 생각났고, 살겠다는 열망 하나로 겨우겨우 침대에서 몸을 일으켰지만 무슨 놈의 호텔에 전기 포트 하나도 없었잖 아. 다시 또 죽을 것 같은 기분으로 침대에 눕다가 순간적으 로 천재적인 발상이 번뜩! 샤워기 온도조절기를 최고 온도 로 돌려서 그 뜨거운 샤워기 물을 라면에 부었다고. 내가 그 이야기를 듣자마자 한숨을 내쉬었잖아.

"그렇게 해서 먹을 수 있었어?"
"아니…… 하나도 안 익더라……."

너 풀죽은 모습이 너무 웃겨서, 아 진짜 내가 그날 자기 전까 지 계속 웃었잖아.

갑자기 왜 너의 흑역사를 꺼내느냐고? 여행 갈 때 네 가방 속 준비물과 내 가방 속 준비물은 달라도 너무 다르잖아. 네 가 방 속에는 컵라면부터 햇반, 김, 미역국에 심지어 멀티 쿠커 까지 들어 있고, 내 가방 속에는 와인 오프너, 맥주 병따개, 플라스틱 와인잔 등이 들어 있지. 너는 한식에 진심인 편, 나 는 술에 진심인 편. 여행을 가서도 하루 한 끼는 한식을 먹어야 한다는 네 말을 듣고 놀라던 내 모습 기억하니?

나는 외국 음식에 강한 편이거든. 향신료도 유독 좋아하고, 알다시피 치즈에 막강한 팬심이 있으니 어디서나 음식에 잘 적응하는 편이고. 술이야 당연히 너보다 다섯 배 정도는 강하고. 덕분에 내 입맛에 대해서는 약간 자만하는 마음도 있었단 말이지. 여행에 너무나도 적합한 입맛이라며. 근데 오늘 나의 자만심이 파사삭 숨 죽어버렸어. 피렌체 한가운데에서 무슨 데친 시금치마냥 순식간에 파사삭.

아까 미술관을 구경하다가, 보티첼리의 그림을 보다가, 미켈란젤로의 조각을 보다가, 경건한 성화들을 보다가, 갑자기 '국물'이라는 열망이 탁 떠올랐어.

그 열망이 떠오르는 순간, 미켈란젤로가 다 무슨 소용이니. 보티첼리의 「비너스의 탄생」 속 그 포말은 찌개 거품으로 둔갑했지. 다빈치의 「수태고지」 속 천사의 손짓은 국물로 향하라는 계시로 읽혔고. "저는 여행 가서도 한식 별로 생각 안 나요"라던 오만한 지난날들이 무색하게 나는 피렌체 미술관 창문에 딱 붙어서 근처 중국집을 검색하기 시작했어. 맛있는 게 얼마나 많은 피렌체야. 가고 싶은 식당은 또 지도에 얼마나 많이 표시해놨는데. 거기에 갈 시간도 없는데 무슨 국물이야. 도대체가 말이 안 되지.

하지만 오늘 저녁 나는 국물 한 숟가락을 먹기 위해 그토록 필사적이었어. 국물의 열망을 꺼뜨릴 수 있는 건, 오직 국물 밖에 없지 않겠니. 다른 사람은 몰라도, 너라면 충분히 이해할 거라 믿어.

피렌체 시장 앞에 그토록 중국 음식점이 많다는 걸 나는 오늘에서야 처음 알았어. 피렌체를 네 번째 방문하는 오늘에서야 처음으로. 커다란 탕 하나와 볶음밥을 주문했지. 시뻘건 고기 국물이 나오자마자 커다란 숟가락으로 푹 떠서 입에 넣었어. 뜨거운 국물을 훌훌. 뜨거운 줄도 모르고, 절박하게 훌훌. 젓가락은 들지도 않고 그렇게 국물만 대여섯 번을 퍼넣고 나서야 정신이 들더라. 얼굴에 미소도 돌고. 오랜만에 맵고 짠 국물을 먹었더니 발끝까지 찌릿찌릿하더라고. 그 훈훈한 기운에 얼어붙은 한국인의 세포가 하나하나 다 살아나기 시작했어.

"김민철이 여행 와서 국물을 다 찾다니. 아, 자존심 상해."

거만한 어투의 나에게 남편이 한마디를 보탰어.

"으이구. 며칠 전에 컵라면 먹은 건 기억 안 나? 공짜로 준다는데도 인천공항에서 안 받겠다더니, 완전 허겁지겁 잘 먹어놓고는."

그러게. 식성은 내 마지막 자존심이었나 봐. 한식 안 먹어도 상관없다는 말이, 그게 무슨 타고난 여행자의 기준이라도 되는 것처럼 구는 게. 그 자존심을 지키기 위해 컵라면의 기억까지 쓰레기통에 넣어버렸다니. 그러고 보니 컵라면뿐만이 아니었어. 국물이 흥건한 수프 같은 파스타가 옆 테이블에 나가는 걸 보고는 홀린 듯이 그걸 주문한 것도 고작 며칠 전이었어. 내 파스타를 이미 다 먹어놓고 또 파스타를 주문하니 종업원이 몇 번이나 다시 확인했지. 그 기억도 이미 삭제해버렸더라고. 이런 오류투성이 자존심은 뭘까.

이왕 이렇게 된 거 어쩔 수 없었어. 나는 식당을 나오며 남편에게 말했어.

"역시 동양인은 국물이지. 내일 점심도 난 이거야."

"또? 나는 괜찮은데, 당신도 괜찮겠어?"

"안 괜찮을 게 뭐 있어?"

안 괜찮을 게 뭐 있겠어. 그지? 그 순간 내 몸이 가장 원하는 걸 먹어서 이 여행을 맛있게 통과해보겠다는데. 그게 현지 음식이건 한식이건 무슨 상관이겠어. 시라쿠사에서 먹은, 검지보다 큰 앤초비가 수십 마리 들어간 파스타는 평생 입맛을 다시며 이야기할 거야. 카타니아에서 먹은 황새치구이는 또 어떻고. 로마에서 먹은 호박꽃튀김 맛도 몇 번이나 술안주로 오른지 몰라. 이야기하고 하고 또 해서 이젠 내가 기름에 찌든 기분이 들 정도야. 그리고 이제 그 이국적인 음식들 사이에 피렌체의 중국집 음식 자리를 하나 내줘야겠네. 특별한 맛을 더 특별하게 느끼기 위해서는 40년 넘게 몸속에 박혀 있는 국물과 한식의 DNA도 존중해줄 필요가 있으니까.

다음 여행에는 라면 몇 개는 꼭 챙겨서 떠나야겠다. 설마 레토르트 육개장부터 깻잎 통조림까지 다 챙기는 여행자가 되는 건 아니겠지? 좀 더 시간이 지나면 그렇게 되려나? 그때가 되면 너한테 좀 더 자세히 물어볼게. 아무래도 네가 외국 속 한식에는 나보다 한참 전문가일 테니. 전문가 선생님 덕분에 뜨거운 샤워기 물로는 라면이 익지 않는다는 것도 알아버렸으니. 아, 신난다. 내일 점심에 또 국물 먹을 생각을 하니. 한국 돌아가면 점심시간에 나랑 김치찌개 먹으러 가자. 너

의 유일한 회사 동기인 내가 이번 여행 이야기를 추가 사리로
잔뜩 올려줄 거란다. 그때까지 딱 기다려.

2018년 피렌체에서
민경

세계국사의 영혼이

떠나 모양으로만 생각하게 어쩌고,

작은 접시 안의 앤초비 모양으로로

생겼다고 말해주고 싶었어요.

한 도시의 영혼은 어디 한 곳에

고정되지 않는 법이라고,

당신 영혼에 꼭 맞는

이 도시의 영혼을 찾아보라고

말해주고 싶었어요.

그래도 처음은 단 한 번

Seoul

서울 이모에게

이모야, 민철이.

내 혼자서 대구에 잘 내려왔다. 도착하니까 새벽 3시 반쯤? 엄마가 버스 터미널에 데리러 나왔더라고. 집에 와서도 한참 동안 잠을 못 잤다 아이가. 아침에 학교 가야 하니까 이제는 자야 된다는 걸 아는데도 잠이 안 오더라고.

하기사 잠 같은 게 뭐가 중요하겠노. 나는 오늘부로 서울 가서 마이클 잭슨 공연을 보고 온 사람 됐다 아이가. 이야, 다시 생각해봐도 어이가 없다. 마이클 잭슨 공연을 보다니. 서울까지 가서. 내일 아침에 학교에 가서 친구들에게 말하면 다들 기절하고 자빠질걸? 그 공연에 니가 갔다 왔다고? 혼자서? 서울까지 혼자서? 친구들이 물을 거고, 그럼 나는 별일도 아닌데 뭐, 싶은 표정을 지을라고. 사실 터미널까지 이모가 데리러 오고, 또 공연 마치고는 버스 앞까지 데려다줬고, 대구 터미널에는 엄마가 데리러 나왔으니, 너무 또 혼자는 아니었지만, 그런 거까지 구구절절 설명할 필요는 없잖아.

어쨌거나 혼자 다녀온 건 맞다 아이가.

지금 생각해도 설날 아침부터 운 건 진짜 잘한 일 같다. 전날 이른 저녁에 자면서 마루에서 술 마시고 있던 이모부들에게 꼭 밤 12시에 깨워달라고 신신당부했잖아. 자정에 마이클 잭 슨 콘서트를 텔레비전에서 해준다고. 내가 그 프로그램을 진 짜 오래 기다렸거든. 살면서 언제 마이클 잭슨을 보겠노. 텔 레비전에서라도 챙겨봐야지. 그래서 내가 아무리 잘 자고 있 어도 꼭 깨워야 된다고 단단히 부탁했지. 대전 이모부한테도 서울 이모부한테도 신신당부했는데 우째 그렇게 다 까묵었 겠노. 눈떴더니 아침인 거 있재. 내가 진짜로 너무너무너무너 무너무 속상해서 눈물이 막막 나오는 거야. 다른 이모부들 은 나를 보면서 허허 웃는데, 역시! 서울 이모부는 다르더라. "그러면 이모부가 마이클 잭슨 콘서트 표 사줄 테니까, 니 서 울 올래?"라고 내한테 말했잖아. 캬. 내 16년 인생에 그렇게 멋들어진 제안은 첨 받아봤다 아이가. 다른 대답이 뭐가 필 요하겠노. 멋쟁이 이모부가 물어보면, 조카도 멋쟁이처럼 대 답해야 안 되겠나. 당장 눈물 닦고, "네!"라고 대답했지.

솔직히 나도 안다. 그렇게 즉석에서 이뤄진 약속은 안 지켜진다는 거. 그 당시의 마음이 암만 진심이어도 또 지나면 슬며시 까묵으니까. 나도 너무 큰 기대는 안 했지. 나도 이제 고등학생이 되었으니까 그 정도는 안다. 나도 이제 어른이다 아이가. 근데 진짜로 몇 달 후에 이모부가 티켓을 사놨으니 이모랑 가서 보라는 말에 내가 얼마나 깜짝 놀랐게? 표 구하기도 억수로 힘들었을 텐데, 이모부가 우째 구한지 몰라. 아니, 그것보다 그걸 우째 안 까묵었나 몰라(아무래도 이모가 기억한 거겠지?). 내가 심장이 떨리가꼬, 아이고야.

"콘서트 보내주는 대신, 너 공부 열심히 해야 해"라는 조건을 이모부가 붙였지만, 그때부터 내 신경은 온통 마이클 잭슨! 오직 마이클 잭슨! 마이클 잭슨 테이프만 듣고 듣고 또 들었지. 마이클 잭슨이 온다는 말에 라디오에서는 또 얼마나 마이클 잭슨을 우려먹는지. 시도 때도 없이 마이클 잭슨 노래를 틀어주고, 나는 또 시도 때도 없이 그걸 녹음했잖아. 그거뿐만이 아니다. 신문에 난 마이클 잭슨 콘서트 광고까지 하나하나 스크랩 다 하고. 혹시 마이클 잭슨 눈, 코, 입이 접힐까 봐 파일첩 사이즈에 딱 맞게 얼굴 주변 부분만 접어가면서 깨끗하게 넣었지. 완전 정성도 정성도 그런 지극정성이 없다. 이모 조카가 또 한다 카면 완벽하게 한다 아이가.

잠실주경기장은 뭐가 그렇게 크겠노. 나는 좀 많이 쪼그라들었잖아. 거기다가 우리 자리는 뭐가 그렇게 멀겠노. 그렇게나 비싼 표를 사서 들어갔으니까, 마이클 잭슨 콧구멍까지 바로 앞에서 보일 줄 알았거든. 경기장 앞에서 망원경을 팔길래, 저게 왜 필요하지? 생각했을 정도니까. 근데 자리에 앉아보니 마이클 잭슨은 내 새끼손가락 한 마디보다 더 작게 보일 게 뻔했고, 그 와중에 공연은 두 시간 넘게 지연되고 있었고. 내 내색은 못 했지만 속이 바짝바짝 타들어가고 있었는데이. 대구 내려가는 버스 못 타면 우짜지? 그게 막차인데 그걸 놓치면 내일 아침 학교는 우짜지? 근데 마이클 잭슨이 하나도 안 보이는데 그건 또 우짜지? 그래도 공연장에 있었으니까 이 정도면 본 거라고 해야 되나? 안 보이는데 보인다고 말하면 거짓말인가? 오만 걱정이 다 지나갔잖아.

그런데 이모야, 마이클 잭슨이 탄 로켓이 무대 위에 나타나는 순간, 그 로켓 문이 부서지면서 마이클 잭슨이 등장하는 순간, 나는 이모가 그렇게 소리를 지르는 모습 첨 봤다 아이가. 아 물론, 내가 그렇게 소리를 많이 지른 것도 처음이지 싶다. 이모는 내 어릴 때도 다 기억하는 사람이니까 이모가 증인이 되어도. 민철이는 아기 때에도 그렇게 소리 지르면서는 안 울었다고.

왜 좋은 걸 보면 눈물이 나겠노. 문이 열리면서 「Scream」을 부르는데 나는 왜 울고 있겠노. 멀리 있어서 잘 보이지도 않는데, 아니, 잘 안 보여야 되는데. 우짠다고 마이클 잭슨은 그렇게 잘 보이겠노. 우짠다고 마이클 잭슨은 노래를 하면서 춤도 그렇게 추겠노. 무대 위의, 손가락 한 마디만 한 사람을 눈이 시리도록 쫓아가며 보고, 중간중간 스크린을 보면서 얼굴 표정도 확인하는데도 나는 도대체 실감이 안 나더라. 마이클 잭슨이랑 내가 같은 하늘 아래에 있다니. 같은 공기를 마시고 있다니. 물론 알지. 그 하늘과 그 공기, 수만 명이 나눠 가지고 있다는 거. 알지 알지. 그래도 마이클 잭슨이랑 '같이' 한 순간을 공유하고 있다는 게 나는 막 미칠 정도로 좋아가꼬 이모를 딱 봤는데, 이모도 내랑 똑같은 표정이더라고. 스무 살도 넘게 차이 나는 이모랑 내가 그 순간 딱 통했다 아이가. 위 아 더 월드. 위 아 더 칠드런.

공연장을 나오자마자 이모는 바로 마이클 잭슨의 팬에서 나의 이모로 순식간에 돌아오더라. 버스를 못 탈까 부랴부랴 걸음을 재촉해서 오차 없이 버스에 무사히 나를 태웠지. 창문 밖으로 손을 막 흔들었고, 버스 기사님은 시동을 걸고, 버스는 터미널 밖으로 나서고, 이모는 곧 사라졌고, 실내조

명까지 꺼졌고. 까만 버스의 밤 속에서 커튼을 살짝 열어서 나는 한참이나 창밖을 구경했지. 조명이 환한 빌딩들을 지나고, 가로등이 병정들처럼 일렬로 빛나는 풍경을 지나고, 드문드문 불빛이 보이는 시골 풍경까지 지났지. 마치 무대 위 조명이 하나둘 꺼져가는 것처럼 풍경이 변해가더라. 그때 문득 깨달았지. 아, 나의 첫 여행이 이렇게 끝나는구나. 첫 여행의 마지막 조명이 방금 꺼졌구나.

앞으로 내한테 여행은 얼마나 많겠노. 진짜 대학만 가면 맨날천날 나는 여행만 다닐 거거든. 진짜 진짜 늙어서도 계속 다닐 거거든. 아무리 그래도 처음은 한 번이다 아이가. 오늘 내가 처음으로 혼자서 버스를 타고 어딘가를 향해 갔다 아이가. 친척 집에 방문한 것도 아니고, 엄마가 어디에 가라고 말해서 떠난 것도 아니고, 누구랑 같이도 아니고, 순전히 내가 원해서, 내가 원하는 것을 보기 위해서 혼자 떠났다 아이가. 그러니까 이게 나한테는 첫 여행인 거다. 다른 건 다 잊어도 이 여행을 내가 우째 잊겠노. 처음이 좋으니까 앞으로도 계속 좋지 싶다. 느낌이 딱 그렇다. 내 첫 여행을 이모랑 이모부가 이렇게 훌륭하게 만들어준 거다. 진짜로 진짜로 고맙데이. 이모부에게도 고맙다고 꼭 전해도.

내일 학교 가서 친구들에게 하루 종일 자랑할라꼬. 아니, 평생 이건 만나는 사람마다 자랑할라꼬. 아무도 안 믿겠지? 모두가 놀라겠지? 솔직히 누가 이런 첫 여행을 가지겠노. 고등학교 1학년이 마이클 잭슨을 보기 위해 서울로 떠나는 첫 여행. 써놓고도 내가 멋있어서 죽겠네. 이모 조카 너무너무 멋있재?

다시 말하지만, 이모 이모부. 정말 정말 정말 고맙습니다.
이제 진짜 공부 열심히 할게요.

1996년 새벽
조카 민철

하얀 눈길 위를 뚜벅뚜벅 가볼게

Mt Mai, Jinan

Y에게

마이산에 드디어 왔어. 얼마나 걸린 걸까. 거의 3년이 걸린 것 같아. 멀리 떨어진 곳도 아니고, 오기 힘든 곳도 아닌데 왜 이렇게 오래 걸린 걸까. 그토록 오고 싶어 했으면서, 마치 이곳 어딘가에 내 영혼이 묻혀 있는 것처럼 굴었으면서 왜 이렇게 늦게 도착한 걸까. 어젯밤 근처에 도착해서 하루 자고, 아침 일찍 절박한 마음으로 하얀 마이산에 첫 발자국을 남기며 걷기 시작했어. 또 돌아갈 순 없었어. 이번만은 그럴 수 없었어.

기억하지? 고등학교 3학년 때 내 다이어리 앞에는 마이산 사진이 붙어 있었잖아. 대학교에 합격만 하면 나는 당장 마이산으로 가겠다고 말했었지. 말의 귀처럼 생긴 돌산, 마이산 사진을 처음 봤을 때 나는 그 풍경이 한국이라는 걸 믿지 못했지. 진안 마이산. 지명도 산 이름도 그런 산 모습도 낯설기만 했어. 그 산의 영험한 힘이 내가 원하는 대학에 데려다줄 것처럼 느낀 걸까. 그 커다란 말의 귀라면 내 소원을 꼭 들어줄 거라 믿은 걸까. 나는 고3 내내 매일 마이산의 사진을 들여다봤어. 어디에라도 매달려야 했던 시간이었으니까. 비이성적인 믿음 없이는 제정신으로 버티기 힘든 시간이었으니까. 마이산 사진이 내 다이어리 앞 장에 부적처럼 붙어 있던 그시절, 너의 피아노 악보 옆에는 손거울이 부적처럼 놓여 있었지. 작고 희고 오목한 네 얼굴을 들여다보는 걸 너는 참 좋아했잖아. 온몸의 힘을 손가락 끝에 싣고 피아노 건반을 내려치다가도 너는 네 말간 얼굴을 들여다봤잖아. 입시가 끝나면 하루 종일 거울을 들여다보고 싶다고 말하며 깔깔 웃었지. 네가 생각해도 참 어이없는 계획이었지? 그때마다 나는 입시가 끝나면 마이산에 갈 거라고 내 계획을 털어놓았고. 무엇에라도 어디에라도 매달려 어둡고도 깊은 협곡을 가로질러야 하는 그때 우리는 열여덟 살이었지.

얼마나 다행이야. 둘 다 무사히 대학에 가게 되었잖아. 우리엄마는 아마 내 합격 소식보다 네 합격 소식에 더 기뻐했을거야. 매일 밤 11시가 넘어서까지 엄마는 너를 가르쳤으니까. 너의 피아노 옆엔 늘 우리 엄마가 있었으니까. 작고 가녀린네 손이 피아노 치기엔 너무 불리하다는 것에 엄마가 속상해하는 모습을 몇 번이나 봤는지 몰라. 하지만 엄마는 끝까지 너를 믿었어. 너는 누구보다 열심히 연습했으니까. 엄마가 시키는 그 모든 것을 기를 쓰고 해내는 제자였으니까. 엄마가 네 합격 소식에 기뻐하던 모습을 나는 결코 잊지 못할 거야. 진짜 잘된 일이었어. 딸의 입시도 끝나고, 제자의 입시도 끝났어. 1998년이 무의미했던 게 아닌 거야. 어쨌거나 우리는 그 시간을 무사히 건너간 거야.

마침내 마이산에 가기로 한 날이 되었어. 대구에서 대전으로 올라가 이모 집에서 하루를 자고, 마이산으로 내려가는 일정이었어. 엄마랑 나랑 동생이랑 막 출발하던 토요일 오후, 네 동생이 피아노 학원으로 들어오더라. 그날은 때마침 네가 대학교에 합격증을 받으러 간 날이기도 했지. 너는 합격증을 받아서 집으로 가고, 네 동생은 너에게 자극이라도 받은 건지 토요일 오후에 연습하러 나온 거 같았어. 학원 문 잘 잠그라는 당부를 남기고, 우리는 더없이 홀가분한 마음으로 대전으로 출발했지. 이모네 가족을 만나고, 다 같이 유성 온천에 갔어. 한참 목욕을 하고 있는데, 누군가를 찾는 방송이 시끄럽게 나오더라. 그 큰 온천 안에 누군가의 이름이 쩌렁쩌렁 울리는데 제대로 들리지 않았어. 온천 안의 습기와 열기를 방송이 뚫지 못했어. 마지막에서야, 엄마 이름이라는 걸 겨우 알아들은 것 같아. 무슨 일인지 몰라 모두 황급히 씻고 나왔어.

목욕탕 앞에서 우리를 맞이한 것은 멍한 얼굴의 내 동생이었어. 동생이 엄마를 보자마자 멍한 눈빛으로 말했지. 네가 죽었다고. 합격증을 받아서 집에 와서 낮잠을 자다가 사고가 났다고. 네 동생이 다급하게 피아노 선생님인 우리 엄마와 내 동생에게 전화를 했고, 목욕을 일찍 마치고 나온 내 동생이 그 소식을 제일 먼저 듣고 방송을 부탁한 거지.

우리는 동생이 하는 말을 알아듣지 못했어. 그게 무슨 말이냐고, 애가 왜 죽냐며, 엄마와 나는 손을 부들부들 떨었지. 사고였어. 그 사고가 도대체 어떻게 너를 죽음으로 몰고 간 건지 아무도, 아직까지도 알지 못하지. 하지만 한 가지는 정확하게 알 수 있었어. 너는 더 이상 이 세상에 없었어. 나와 같이 1998년을 무사히 건너온 네가, 인생에서 가장 기쁜 날에 세상에서 갑자기 사라진 거야. 잘못 쓰인 각본처럼 믿을 수 없는 순간에 믿을 수 없는 방식으로 네가 사라져버린 거야.

당장 대구로 내려갔어. 그때부터였지. 마이산의 의미가 변하기 시작했어. 그저 나와 영혼이 통하는 산이라 생각했는데,

너의 영혼도 통과한 산처럼 여겨졌어. 그럴 수밖에 없었어. 그 이후로 마이산에 가려고 할 때마다 일이 생겼거든. 아니, 그건 그저 핑계일지도 몰라. 나만 무사히 남아 1998년의 소원을 이루는 것에 대한 미안함이 앞서서 자꾸 다른 것들을 앞세워 마이산행을 미룬 것일지도.

대학교 2학년 겨울방학, 마음을 단단히 먹었어. 과외 일정을 조정하고, 스터디 일정도 조정했어. 마이산에 가기로 한 거지. 그리고 마이산으로 내려가기 전날 밤, 버스 안에서 뉴스를 듣고 나는 생각이 복잡해졌어. 전북에 폭설주의보가 내렸다는 뉴스였어. 옥탑방에 앉아서 오래 고민했어. 가야 할까 말아야 할까. 한 번 더 미뤄야 할까, 정면 돌파해야 할까. 우연이 자꾸 겹치는 걸 다급한 신호로 해석해야 할까, 아님 그냥 말 그대로 우연일 뿐인 걸까.

답은 없지. 내가 유일하게 아는 답은 부딪쳐보는 거밖에 없었어. 맞아. 가기로 했어. 고3 시절을 버티게 해준 고마움과, 너에 대한 정리되지 않은 마음을 정리할 때가 되었어. 더 이상 미룰 수는 없었어.

어제, 진안으로 가서 하룻밤을 자고, 이른 새벽 마이산으로 가는 버스를 탔어. 마이산이 가까워질수록 내 손도 바빠졌어.

습기로 자꾸 뿌옇게 변하는 버스 창문을 연신 닦아내야 했거든. 한순간도 마이산의 모습을 놓치고 싶지 않았어. 마이산이 거기 있더라. 거짓말처럼 우뚝 서 있더라. 폭설주의보도 아랑곳하지 않고, 7천만 년 전에 융기된 모습 그대로 고요하게. 내 다이어리 앞을 장식한 그 사진보다 훨씬 더 영험하게. 아무도 없는 아침 마이산에서 나의 앞을 가로막은 건 '입산금지'라는 표지판이었어. 고민했어. 아무도 밟지 않은 하얀 눈길이 내 앞으로 펼쳐져 있었고, 해는 예상보다 따뜻하고 맑게 떠오른 상태였어. 또 돌아가야 할까. 아마도 어제 혹은 그제 설치한 표지판을 믿어야 할까. 혹은 일기예보가 살짝 비켜나간 것 같다는 내 직감을 믿어야 할까. 어쨌거나 여기까지 왔잖아. 폭설주의보에도 포기하지 않고 결국 와버렸잖아. 곧 따뜻한 해가 눈을 녹이기 시작할 거야. 이번엔 그렇게 믿어야 하지 않을까.

나는 하얀 마이산에 나의 발자국을 새기기 시작했어. 뚜벅뚜벅. 걷는 걸음마다 힘을 잔뜩 싣고서 뚜벅뚜벅. 드디어 마이산에 왔다는 감격과 오지 못한 너에 대한 감각을 양발에 단단히 묶고 뚜벅뚜벅. 계속 가볼게. 중간중간 너를 기억하며 돌을 쌓아볼게. 그리고 조금은 더 가벼운 마음으로 이 산을 넘어가볼게. 뚜벅뚜벅. 우리의 10대에 너를 심어두고. 나는 20대로 건너가볼게. 가장 밝게 웃었던 그 순간의 너만을 기억하며 힘을 내볼게. 이 길 끝에 무엇이 있는지 모르지만 중간에 그만 가는 일은 없을 거야.

끝까지 걸어가볼게. 쉽게 지치지 않을게. 언젠가 다시 만나자. 그땐 내가 먼저 너를 알아볼게. 악보 옆에 늘 두고 있는 너의 손거울을 통해 나는 너의 얼굴을 자주 보았으니까. 작고 희고 오목한 그 얼굴을 나는 잘 아니까.

그때까지 나는 뚜벅뚜벅 계속 가볼게. 네 몫까지 힘내볼게.

평온하길.

2002년 5월 15일에서

민철

그 누구도 혼자 여행하진 않아

Milano, Italy

D에게

너는 왜 나에게 같이 여행을 가자고 그랬니.

밀라노 기차역에서 밤을 지새우며 생각은 자꾸 한 곳으로만 날아갔어. 그리움은 이토록 직진이네. 이토록이나 미련하게도. 이렇게까지 멀리 떠나와서도 문득문득 마음이 텅 빈 것 같아. 마음이 자꾸 너에게로 날아가서일까. 아니, 떠나오기 전 네 옆에 마음 한 조각을 크게 떼어두고 왔기 때문일지도. 지금 너는 좀 어때. 몸은 좀 괜찮아졌니. 몸에 대한 걱정이 사라지는 순간엔 이 여행을 아쉬워하긴 했을까. 아쉬워하며 몸을 뒤척이다 문득 내가 두고 온 마음 조각을 발견했을까. 발견해도 바뀌는 건 없겠지. 그 조각 역시 나처럼 말짱한 얼굴을 하고 있을 테니 말이야. 산뜻한 대답, 선선한 감정, '친구'라는 단어로 깔끔하게 그어진 선, 조금의 여지도 없는 오롯한 우정의 표정. 보나 마나 뻔해. 지난 몇 년간 네 곁에서 내가 지었던 바로 그런 표정을 짓고 있겠지. 내내 이 얼굴 뒤에 나조차도 감당이 안 될 정도로 커져버린 마음을 숨겨왔으니, 네가 내 마음을 눈치 못 챈 건 당연해.

그런데 왜 그랬을까. 정말 친구여서 그랬을까.

내가 유럽 여행을 갈 거라는 말에 네가 단박에 "같이 여행 갈래?"라고 말했잖아. 알고 있니? 그 순간 몸과 마음과 뇌와 심장이 모두 다른 목적지를 향해 날아가기 시작했다는 사실을. 몸은 애쓰고 있었어. "그래"라는 대답을 최대한 무심하게 내뱉기 위해. 하지만 마음은 가정법의 세상을 헤엄치기 시작했지. 혹시나 네가 나를 좋아할지도 모른다는 실오라기 같은 희망이 마구 부풀기 시작했고, 마음은 그 희망을 꼭 붙잡고 종횡무진 날기 시작했지. 뇌는 같이 여행을 간다면 일어날지도 모를 일에 대해서 적극적으로 탐색하기 시작했고. 비행기표, 기차표, 숙소, 고려해야 하는 너의 취향, 포기해야 하는 나의 취향까지. 동시에 뇌는 심장까지 진정시키느라 고생이었지. 심장이 진짜 튀어나오려고 했거든. 농담이 아니야. 튀어나오려고 했어. 그래 맞아. 아무렇지도 않은 내 얼굴 뒤에서 순식간에 정말 많은 일들이 일어나고 있었어.

같이 표를 알아보고, 내가 준비한 계획에 무임승차만 하면 된다며 너는 신나고, 나는 '어쩌면'이라는 가정법의 가방을 싸기 시작했고, 그 가방은 어느새 여행 가방보다 더 커져버렸어. 매 순간 '이래도 되나'와 '친구인데 뭘 어때'라는 마음이 시소를 타고 있었지. 그리고 너는 병원에 정기검진을 갔지. 매번 정기검진을 갈 때마다 너는 혹시나 병이 재발했을지도 모른다는 불안감에 휩싸였지만 지난 몇 년간 문제가 생긴적은 한 번도 없었잖아. 너도 나도 당연히 아무 문제도 없을거라고 생각했는데, 도대체 무슨 일이었을까. 바로 입원을 해야 한다는 의사의 말을 들었지.

그 소식을 아무렇지도 않게 전해주는 너를 보며 나는 순식간에 깨진 유리처럼 바스라졌어. 하지만 그것조차 내색할 수없었어. 가장 바스라지고 있는 건 다름 아닌 너일 테니까. 또말짱한 얼굴로, 수술하면 별일 아닐 거야, 혼자 여행 가도 괜찮아,라는 말만 주고받았지. 괜찮지 않았지만 '괜찮다'라는말 뒤에 이번에도 진심을 숨겼어.

결국 나는 혼자 떠나왔어. 오로지 나만을 위한 배낭을 메고, 오로지 내 뜻대로 움직이고 있어. 매일 24시간이 오롯이 내선택에 달려 있어. 떠날지 머무를지, 다른 사람들 틈에 섞일지 혼자일지, 얼마짜리 숙소를 구할지, 혹은 오늘처럼 이렇게 노숙을 할지, 끼니를 때울지 혹은 굶을지까지. 너랑 왔다면 어떻게든 매끼를 챙겨 먹었겠지만, 혼자서는 아무래도 상관없지. 미술관도 원 없이 돌아다니고 있고, 마음에 드는 그림 앞에서는 누구 눈치도 보지 않고 오래도록 앉아 있어. 매 순간 이 여행이 내 마음에 꼭 들도록 만드는 것을 나의 유일한 목표로 삼으며 여행하고 있어. 오직 내 눈치만 보며. 그래, 혼자라 가능한 호사지.

근데 점점 시간이 지날수록 이런 생각이 드네. 정말 나는 혼자 여행하고 있는 걸까. 그게 가능한 일이긴 한 걸까. 그 누구도 혼자 여행하진 않아. 그런 건 없어. 정말 혼자인 사람도 금세 누군가와 함께가 되곤 하지. 독일 쾰른 대성당의 그 뾰족한 지붕 아래에서도, 모두가 사랑으로 흥성이는 밤늦은 프라하 다리 위에서도, 방금 친해진 한국 여행자들 틈에서도, 나는 문득문득 너와 함께 있었어. 네가 이 풍경을 봤다면, 여기 있었다면 또 얼마나 좋아했을까 상상했지. 웃는 너를 보며 나는 또 얼마나 웃었을까 상상하지 않을 수 없었어. 도저히 내 힘으로는 그 상상을 막을 수가 없었어.

그 상상의 종착지는 언제나 너의 말이었어.

"같이 여행 갈래?"

나는 그 여섯 글자에 골몰했어. 마치 섬세한 붓과 예리한 연장을 들고 로마의 유적지를 발굴하는 고고학자처럼. 고대의 알려지지 않은 문자를 해독하기 위해 밤낮으로 그 여섯 글자를 곱씹고 또 곱씹는 언어학자처럼. 혹은 외계 생명체의 말을 지구 언어로 번역하기 위해 그야말로 우주적 상상력을 발휘하는 과학자처럼.

나는 속절없이 그 말에 매달렸어. 그 말 사이를 통과한 바람에 얼핏 사랑의 기운이 실려 있지는 않나, 그 여섯 글자의 지반에 너도 미처 눈치채지 못한 어떤 진심이 숨겨져 있지는 않나. 어쩌면 나만의 짝사랑이 아닌 증거라고 봐도 되지 않을까. 수시로 그 말을, 그러니까 너를, 너의 진심을, 어쩌면 나와 같을지도 모를 그 마음을, 해석하고 싶다는 열망에 나는 들끓었어.

코코슈카의 그림 「연인」의 푸른색 위로 지난겨울 밤 풍경이 떠오르기도 했어. 너와 나, 그리고 누구의 발자국도 찍히지 않은 눈만 가득했던 학교의 그 밤. 그때 네가 나에게 물었잖아. 좋아하는 사람 없냐고. 옅은 미소로 대답을 했더니, 너는 진짜 대답을 듣고야 말겠다는 기세로 그 차가운 바람 속에 우뚝 섰지. 그때 진심을 말했다면 달라졌을까. 적어도 이렇게까지 가슴앓이를 하지는 않았겠지. 그때 나는 겁이 났어.

내 마음을 말하는 순간 더 지독한 겨울이 찾아올까 봐. 너의 온기조차 전해지지 않는 혹독한 추위 속에 갇혀버릴까 봐.

움직이는 여행자의 몸속에 이토록 움직이지 않는 마음이라니. 네 생각을 하며 밀라노역에서 밤을 새우고, 아직 도시가 잠에서 깨지 않은 새벽에 역 밖으로 나가봤어. 구름이 마치 격랑처럼 하늘을 가득 채우고 있더라. 찬 기운에 급하게 깨어난 정신으로 펄떡이며 살아 있는 구름을 보며 생각했어. 흘려보내자. 이제 그만하자.

알아. 몇 번이나 거듭한 다짐이지. 이번만은 진짜라고 무수히 나를 속인 다짐이지. 또 무산될 걸 알면서도 그만두지 못하는 다짐이지. 이루어지지 않을 걸 알면서도 그만두지 못하는 이 사랑처럼 말이야.

너는 왜 나에게 같이 여행을 가자고 그랬니.

이 질문을 내가 너에게 하는 날이 올까. 네 눈을 바라보며 이 질문의 대답을 기다리는 날이 올까. 그 대답의 끝에 봄이 찾아오는 날이 올까. 이 편지 속 진심이 2월의 바람에 숨겨진 봄기운처럼 너에게 전해지는 날이, 아무리 꼭꼭 밟아도 터져 나오는 봄꽃처럼 내 마음이 너에게 보이는 날이 올까. 아마

그런 날은 오지 않겠지. 아마 나에게 그런 용기는 불가능할
거야. 이 편지를 네가 받는 날도, 결코 오지 않을 거야.

부치지도 못할 편지가 또 너무 길어졌네.
한국에 돌아가면 가장 먼저 너를 만나러 갈게.
내 마음은 이곳에 두고 돌아갈 테니
그때 나는 정말 친구로 너에게 가볼게.

2001년
너의 친구, 민채림

천사는 꼭 당신 같은 표정을

Aix-en-Provence, France

이름도 모르는 당신에게

혹시 '김화영'이라는 이름을 들어보신 적 있나요? 당연히 없겠죠. 한국에서는 꽤 유명한 분이에요. 70년대에 이 도시, 엑상프로방스에서 카뮈를 공부했고, 그 이후에 한국에 카뮈의 모든 책을 번역하고 소개하신 분이죠. 저는 이분이 엑상프로방스 유학 시절에 쓴 책『행복의 충격』에 정말 깊은 충격을 받은 사람이에요. 그 책으로 카뮈를 알게 되고, 카뮈에 빠져들게 되고, 결국 오늘 여기, 엑상프로방스까지 오게 되었어요. 그 책에 이런 구절이 있어요.

엑상프로방스는 능률을 찾는 자, 시간이 바쁜 사람, 견문을 넓히려는 교양인, 소유의 노예들, 그리고 돈으로 살 수 있는 모든 것을 요구하는 이들에게 일체의 환상을 거부한다.
역사의 유물이나 쉬 눈에 띄는 장관, 관광안내서가 말하는 감동, 이국 풍물을 요구하는 사람들에게 그가 버스에서

내리는 바로 그 자리에서 엑스는 알몸을 벗어 보이고 나서

이제 그만 떠나라고 권한다.

— 김화영, 『행복의 충격』(문학동네, 2012) 중에서

이곳에 도착하기 전에 이 구절을 얼마나 읽은 줄 몰라요. 혹시라도 제가 엑상프로방스에 지나친 환상을 가질까 봐. 환상의 뒷면은 높은 확률로 실망이니까. 얼마나 자주 저에게 말했는지 몰라요. 이 도시엔 아무것도 바라는 것 없이 텅 빈 마음으로 도착해야 한다고.

효과가 있었던 걸까요? 엑상프로방스에 처음 도착한 오늘, 저는 담담했어요. 정말로. 저는 김화영 선생의 가르침을 충실하게 수행할 준비가 다 되어 있었답니다.

미리 숙소는 예약해뒀어요. 평소엔 그러지 않는 편이지만, 파리에서 저녁에 도착할 예정이었기 때문에 예외적으로 부지런을 떨었죠. 기차역에 도착해서, 버스를 한참이나 타고 숙소에 도착을 했는데, 도대체 무슨 일이었을까요. 예약이 안 되어 있다는 거 있죠? 분명히 예약을 했다고 아무리 이야기해도 제 이름이 리스트에 없대요. 설상가상으로 빈방도 없다는 거예요. 여행책에 실린 숙소 리스트를 펼치는 저에게

숙소 직원이 쌀쌀맞게 말했어요.

"근데, 오늘 이 도시에 진짜 큰 포럼이 열려서, 아마 도시 전체에 빈방이 없을걸?"

그럴 리가 없잖아요. 저 한 명을 위한 방 하나 없을라구요. 의기양양했어요. 호텔들에 전화를 걸기 전에는. 호텔들마다 똑같은 대답을 내놓기 전까지는요.

"오늘은 빈방 없습니다."

더 이상 전화기를 붙들고 있을 수 없었어요. 직접 호텔을 찾아다니기로 했어요. 다시 버스를 타고 시내 중심가로 가서 보이는 숙박업소마다 다 들어가기 시작했어요. 전화로 들은 대답을 이젠 눈앞에서 들었죠.

"오늘은 빈방 없습니다."

심지어 앞에 써 붙인 호텔들도 있더라고요. 'NO VACANCY'. 그렇게 몇 시간이 흘렀을까요? 캐리어는 무겁고, 뒤에 멘 배낭 덕분에 어깨도 떨어져 나갈 것 같은데 비까지 오기 시작했어요. 겹겹이 내리는 불행 아래에서 저는 갈 길을 잃었어요. 진짜 말 그대로 길을 잃었어요. 밤 9시가 넘어가고 있고, 잘 곳은 없고, 비는 내리고, 어깨도 발도 너무 아프고.

그러다가 당신을 본 거예요. 식당 차양막 아래에서 손님이 떠난 테이블을 정리하고 있는 당신을요. 방법이 없었어요. 커다란 캐리어를 들고, 비에 쫄딱 젖은 제가 마구잡이로 식당으로 들어가서 자리에 앉았죠. 당신은 당황하지 않고 저에게 메뉴판을 들고 왔죠. 당황한 건 그다음이었죠. 제가 다짜고짜 말했잖아요. 막 울먹이며 말했잖아요.

"숙소가 없대요. 몇 시간째 다 전화하고, 다 돌아다녔는데 전부 다 빈방이 없다고만 그래요. 오늘 밤 있을 곳을 아직도 못 찾았어요."

당신은, 차분하게 저에게 물 한 잔을 따라주며 말했죠.

"물부터 한 잔 마셔요. 음…… 여기 바로 옆 건물이 작은 호텔이거든요. 거기 가서 한번 물어볼래요? 아, 짐은 여기 두고

가도 돼요."

고맙다는 말만 겨우 남기고 저는 쏜살같이 달려 나갔죠. 옆 건물의 문을 열었어요. 차가운 표정의 할아버지가 카운터에 있었죠. 지난 몇 시간 동안 들었던 그 대답을 거기서도 똑같이 들었어요. 빈방이 없다는. 찰랑찰랑 넘치기 일보 직전의 눈물샘에 할아버지의 그 한마디가 뚝 떨어졌어요. 진짜 울음이 터져버렸죠. 정말 어찌해야 할지 몰랐거든요. 부끄러운 줄도 모르고 서른 살이나 되어서 낯선 사람 앞에서 엉엉 울다니.

하지만 그 울음이 번지수를 제대로 찾은 것이 틀림없었어요. 놀랍게도 그 순간, 차가운 할아버지의 얼굴에 안쓰러움이 깃들었거든요. 방법을 찾아보겠다면서 할아버지는 울고 있는 저를 우선 소파에 앉혔어요. 저는 불안함에 소파에 제대로 앉지도 못했죠. 끄트머리에 겨우 엉덩이를 걸치고 할아버지를 향해 길게 목을 뺐어요. 할아버지는 돋보기안경을 끼고 커다란 장부를 꺼내 이곳저곳에 전화를 걸기 시작했어요. "Merci(감사합니다)"라며 전화를 끊을 때마다 제 심장도 뚝뚝 끊겨 나가는 느낌이었어요. 몇 번의 Merci 끝에, 장부를 몇 번이나 뒤적거리고, 돋보기안경을 몇 번이나 고쳐 쓰던 할아

버지가 갑자기 저를 향해 커다란 미소를 지었어요. 그리고
말했죠.

"좀 비싼데, 괜찮아요?"

괜찮지 않을 리가요. 이 비를 피하고, 이 처참한 심정을 숨길
수 있는 지붕만 있다면 저는 다 좋았어요. 할아버지는 숙소
주소를 적다 말고 말했죠.

"혼자 찾아가긴 좀 힘들겠는데. 한 15분 걸어야 해요. 이제
호텔 카운터 마감 시간이니까, 조금만 기다리면 내가 데려다
줄게요."
"바로 옆 레스토랑에 가방을 맡기고 왔어요. 얼른 다녀올게
요."

제가 레스토랑에 뛰어 들어가자마자 당신은 서빙을 하다 말
고 저에게 지체 없이 다가왔죠. 잘 곳을 구했다는 말에 당신
의 얼굴에 순식간에 안도감이 피어났어요. 아무것도 기대하
지 않고 도착한 이 도시에서 천사들을 만나게 될 줄은 정말
로 몰랐어요. 천사는 꼭 당신 같은 표정을 짓는 거였어요. 심

지어 당신은 나를 다른 천사에게 인도해줬죠. 그 천사는 이제 저를 또 다른 천사의 집에 데려다줄 거예요. 허겁지겁 뛰어나가며 고맙다는 말밖에 할 수 있는 말이 없어서, 얼마나 안타까웠는지 몰라요.

할아버지는 내 캐리어도 대신 끌어주고, 숙소에 데려다준 후 숙소 주인과 가격 흥정도 해주었어요. 혼자 그 방을 쓰는 건데 비싸게 받지 말라며. 처음 본 차가운 인상은 믿을 수 없을 정도로 과한 친절을 베풀어주었어요. 마지막엔 이제 안심해도 된다며, 내 어깨를 툭툭 치고 웃으면서 떠나는 거 있죠? 그제야 안심이 나를 찾아왔어요. 깨끗했고, 따뜻했어요. 어쩌면 그건 여행자가 밤에 필요한 거의 전부죠.

방에 혼자 남은 나는 조금 더 울었어요. 처음엔 놀란 마음이 진정이 안 되어서. 나중에는 친절한 당신과 할아버지가 너무나도 고마워서. 안전해졌다는 사실이 도대체 믿기지가 않아서. 아까는 마음이 급해서 제대로 설명도 못 하고, 제대로 고마움도 못 표하고 나왔네요. 이름도 모르는 당신에게 뒤늦게나마 이렇게 편지를 씁니다.

덕분에 무사합니다.

덕분에 마음속 홍수에도 떠내려가지 않을 수 있었어요.

덕분에 비가 그쳤고, 곧 무지개가 뜰 예정입니다.

오늘은 고맙다는 말을 아무리 해도 모자랄 것 같아요.

고맙고 또 고맙습니다.

2009년 9월
엑사프로빅스에서
민철

영원히 설익은 이별

la, usa

처음부터 이상했어. 선입견 때문만은 아닐 거야. 평생 갈 일
이 없을 거라 생각한 미국이긴 해. 하지만 네가 그곳에서 결
혼식을 한다면 이야기는 완전히 달라지지. 당장의 목적지가
되어버리지.

비행기표를 끊고, 휴가를 어렵게 내고, 비행기를 탔어. 누가
뭐래도 너는 나의 가장 오래된 친구이고, 가장 끈질긴 인연
을 자랑하는 친구니까. 근데 아무리 우정으로 포장을 하려
고 해도, 비행은 처음부터 이상했어.

샌프란시스코에 도착해서 바로 네가 있는 LA행 비행기로 갈
아탔어. 비행시간은 90분. 책을 좀 읽으려고 했는데, 창밖 풍
경으로 자꾸 시선이 향하더라. 난생 처음 만나는 기이한 땅
의 풍경이었거든. 비행기에서 우리나라 땅을 내려다보면 산
들이 그토록 촘촘하게 실핏줄을 형성하고 있다는 것에 놀라
게 되잖아? 근데 미국 비행기에서 그 땅을 내려다보면 무슨

거인이 찰흙으로 툭툭 땅을 빚은 것만 같더라고. 거대하고 거침이 없었어. 그 풍경에 홀려 창밖을 바라보다 보니 어느새 30분이나 지났더라고. 이제 책을 좀 읽어볼까, 하는 찰나 방송이 나왔어. 항공 사정으로 인해 15분 후에 LA공항에 도착한대. 이상하지? 90분 비행이 도대체 무슨 일인지 알 수 없는 사정으로 인해 45분으로 줄어든 거야. 기가 막히게 딱 절반으로. 정말 이상하지? 왜 45분 만에 끝낼 수 있는 비행을 한 시간 반이나 걸린다고 한 걸까. 혹시 기장이 화장실이 급해서 과속이라도 한 걸까? 끝내 알 수 없는 이유로 나는 LA공항에서 미아가 된 기분으로 너를 한참이나 기다렸지. 덕분에 이산가족을 만난 것 같은 기분은 배가 되었지. 이산가족이 아니면 뭐겠어. 여섯 살 때부터 20년을 떨어지지 않았던 우리가. 3년이나 떨어져 있다가 만났으니 말이야.

그렇게 얼떨떨한 기분으로 미국에 도착해서, 너의 이상형에 완벽하게 부합하는 너의 남편도 만나고(어릴 때부터 그렇게 얼굴 긴 남자를 좋아하더니. 결국 성공했구나!), 나는 무슨 영화에 나오는 사람처럼 들러리 드레스도 입고, 너의 결혼식 옆을 지켰지. 처음으로 결혼하는 친구였고, 심지어 외국에서 진행되는 결혼식이라 사실 나는 아무런 도움도 되지 못했지. 뭘

해야 하는지 몰랐던 것 같아. 내 역할이 뭔지도, 너에게 무엇이 필요한지도. 내가 제대로 된 축하는 했니? 그것도 기억이 안 나. 정신을 차려보니 어느새 결혼식이 끝나 있었고, 너와 너의 남편이 나를 LA공항까지 데려다주었고, 비행기 수속 줄에 우리 셋이 나란히 서 있었지.

두 시간을 기다린 것 같아. 줄을 서서도 계속 우리는 수다를 떨었지. 그런다고 몇 년 치 수다를 다 채울 순 없었겠지만. 굶주린 사람들처럼 수다를 떨면서도 우리의 눈은 자꾸 불안하게 수속 직원들 쪽을 향했잖아. 두 시간 전부터 줄을 섰지만, 줄어드는 사람은 하나도 없었으니까. 수속 직원들은 자기들끼리 수다를 떤다고 도통 일에는 관심이 없었고, 불안이 하늘 끝까지 치솟을 무렵, 그러니까 이제 정말 탑승 시간이 30분밖에 안 남은 그때, 참다못한 너의 남편이 내 가방을 끌고 앞으로 나갔지.

"30분 후 비행기에 탑승해야 하는데, 수속은 도대체 언제 할 수 있는 건가요?"

"30분 후 비행기 수속은 마감되었습니다."

"마감되었다고요? 우린 계속 여기 서서 기다렸는데?"

"일찍 오셨어야죠."

"두 시간이나 일찍 왔는데, 당신들이 지금까지 내내 기다리게 한 거잖아요."

공격이 '당신'들로 향하자, 그리고 그 공격의 정당함을 '두 시간'으로 증명하자, 그제야 그들의 태도가 살짝 바뀌었잖아. 여전히 우리나라의 승무원들에게선 한 번도 만난 적 없는 불친절함을 온몸에 잔뜩 휘감고, 그는 해당 게이트로 전화를 했지. 아직 못 들어간 손님이 있는데, 들여보내도 되느냐? 아마 오케이 대답을 들었던 것 같아. 그러니 전화를 끊고 나에게 이렇게 말했겠지.

"예외적이지만, 들여보내줄게요. 대신, 짐은 직접 가지고 타야 해요. 화물칸에 실어줄 수 없어요."

네 결혼식을 위해 준비한 옷부터, 일주일 동안 샌프란시스코를 여행할 짐과 그곳에 사는 이모에게 전해줄 짐까지 한가득인데 그걸 직접 가지고 타라고? 공항 검색대에 가방을 올려놓는 순간, 무자비할 정도로 그들은 액체 하나하나를 다 가려내서 쓰레기통으로 넣기 시작했지. 그러다가 엄마가 이모에게 갖다 주라고 부탁한 것들까지 쓰레기통에 넣으려는 순간 나의 인내심은 바닥을 쳤어. 그 사람 손에서 그것들을 확 낚아채서, 검색대 밖에서 초조한 얼굴로 나를 바라보고 있는 너에게 건넸잖아. 그걸 이모 집으로 좀 부쳐달라는 부탁과 함께. 짐이 검색대를 통과하자마자, 나는 너에게 손을 급하게 흔들고 뛰기 시작했어. 결혼식용으로 준비했던 높은 힐을 신고서, 그 무거운 짐을 끌며 게이트를 향해 미치도록 뛰는 건 정말 내 취향 아니야. 정말 아니야. 하지만 도리가 없잖아. 이 비행기를 못 타면 다음 샌프란시스코행 비행기는 밤이 되어야 겨우 여유 좌석이 있다니까.

그 겨울에, 땀까지 뻘뻘 흘리며 게이트에 도착했더니, 무슨 일이 벌어진 줄 아니? 비행기가 한 시간 반 연착된다고 떡하니 쓰여 있는 거 있지? 그러니까 아까 그 직원은 (욕을 마구 하고 싶구나) 비행기가 연착되었다는 소식을 듣고서, 나를 들여보내준 거야. 우리에게는 연착에 대해 한마디도 없이(정말 욕을 하고 싶구나). 기진맥진한 상태로 게이트 앞에 한 시간 반을 앉았다가 비행기에 탑승하려는데, 승무원이 내 짐을 보더니 "아, 가방이 너무 크네요. 화물칸에 실어줄게요"라고 가져갔어. 화물칸에 실을 수 있는 거였다면 아까 그 짐들은 안 버려도 되는 거였잖아. 하!

언젠가 중국에서 한국으로 돌아오는 비행기 안에선 무슨 일이 있었는 줄 아니? 도착할 시간은 이미 넘었는데 비행기가 영 착륙을 하지 않길래 승무원에게 물었지. 무슨 일이 있냐고. 그랬더니 승무원이 말하더라고. 인천공항 안개로 비행기가 착륙을 할 수 없어서 지금 비행기가 다시 북경으로 돌아가는 중이라고. 얼마나 별일 아니라는 듯이 말하던지, 나도 하마터면 북경이 원래 나의 목적지인 줄 알았다니까.

역시나 공항을 사랑하는 건 내겐 너무 힘든 일이야. 공항이나 역에 도착하는 것만으로도 마음이 설렌다는 사람도 있고, 꼭 여행 갈 때가 아니더라도 공항에 와서 시간을 보낸다는 사람도 있지만, 확실히 나는 그쪽 취향은 아닌 것 같아. 나에게 공항은 거대한 불확실성의 세계, 원치 않는 우연이 자꾸 개입하는 세계, 빨리 통과하고 싶은 세계에 불과해. 나는 여행 중의 작은 변수를 감당하기에도 충분히 버거운데, 목적지에 제시간에, 제대로 도착하지 않는 변수는 정말로 견딜 수가 없거든. 내 인내심은 바닥을 보이거든. 왜 약속된 시간에 안 오는 거지? 왜 정시에 출발하지 않는 거지? 제대로 탄 건 맞는 걸까? 제시간에 탈 수는 있는 걸까? 이 기차가, 버스가, 비행기가, 내가 원하는 바로 그곳에 나를 무사히 데려다줄 수 있을까? 벌어지지도 않은 사고들과, 벌어질 가능성이 희박한 시나리오들이 그 짧은 순간에도 끝없이 반복돼. 그러다가 결국 여행 떠나온 걸 자책하는 순간까지 있다니까.

근데 오늘 공항이 싫은 이유가 또 하나 추가되었어. 오늘 이 공항의 시스템이 우리의 이별까지 방해했잖아. 3년 전 네가 유학 갈 때 기억나? 떠나기 전날 지하철에서 헤어지면서도 우리는 둘 다 덤덤했지. 경상도 사람이라 유난히 무뚝뚝해서였을까. 감정 표현이 어색해서였을까. 그때 못 한 '제대로 된 이별'을 이번엔 하고 싶었거든. 「러브 액츄얼리」의 엔딩 장면처럼 말이야. 고맙다는 말을 여러 가지 버전으로 주고받고, 다음에 또 보자는 눈빛을 교환하고, 좀 머쓱하지만 진심을 담아 포옹도 했어야 하는데 결국 아무것도 못 하고 우리는 또 헤어져버렸네. 다음엔 좀 제대로 된 이별 인사를 해보자,라고 다짐을 해보지만 과연 될까. 이별은 영원히 갑작스럽고, 마음의 준비는 영원히 설익은 상태일 거야. 하물며 너와의 이별이야. 20년을 붙어 다닌 우리에게 익숙한 이별이란 몇 번의 이별이 더 거쳐야 가능한 걸까? 또 보자,라고 말하지만 그건 또 몇 년 후가 될까?

너무 늦게 말하는 게 아닐까 걱정되지만, 진심으로 결혼 축하해. 너희 둘 눈빛이 마주칠 때마다 내 마음 한구석이 안도하더라. 너랑 남편 사이에 웃음이 반짝일 때마다 내 기분까지 환해지더라.

신혼여행도 잘 다녀오길. 도착하면 또 편지 보낼게.

2006년 12월
샌프란시스코로 배낭기 오며서
내 오랜 친구에게
민지

그 사랑의 종착지는
언제나 너의 밑이었어.

" 같이 여행 갈래 ? "

다른 여행을 향한 용기

Ubud, Bali

소희 언니에게

딱 하루짜리 우붓 여행이 끝났어요. '딱 하루짜리'와 '우붓'이라는 단어가 결합할 수도 있다는 사실이 경이롭죠? 회사원의 능력이란. 이 하루짜리 여행을 얻어내기 위해 얼마나 애썼나 몰라요. 우리 팀 일들은 다 처리해놓고, 다른 팀들에겐 발리에 가져갈 프레젠테이션 자료를 미리 요청했죠. 하루짜리 우붓 여행을 더하긴 했지만, 이건 누가 뭐래도 출장이거든요. 출장을 제대로 수행하는 게 저의 최우선 목표이긴 해요. 하지만 마음속 또 하나의 목표는, 우붓을 향한 언니의 사랑에 옷깃을 스쳐보기라도 하는 것. 오래도록 언니의 우붓 사랑 노래를 나는 들어왔으니까.

어젯밤, 자정이 넘어 발리공항에 도착하자마자 택시를 타고 우붓으로 왔어요. 겨우 4만 원을 냈을 뿐인데 대궐 같은 방이, 새하얀 시트가 준비되어 있더라고요. 순식간에 잠들었다가 새소리에 잠을 깼어요. 이 무슨 호사인가 생각하며 방

밖으로 나왔더니 단정하고 따뜻한 조식을 준비해주더라고요. 정말 이건 무슨 호사일까요. 천천히 먹으며 어디를 가볼까 생각하다가 깨달았어요. 우붓에 도착하면 다 알 것처럼 굴었지만, 언니가 왜 이곳을 좋아하는지 단숨에 이해할 것처럼 굴었지만, 실제 나는 어디를 목적지로 삼아야 하는지도 모르더라고. 아니, 너무 알지.

페르마타 하티(Permata Hati), 언니가 계절마다 시간을 내서 오는 우붓의 보육원. 아프리카에서도 남미에서도 그랬던 것처럼 이곳 우붓에서도 언니는 아들 중빈이와 함께 봉사를 할 수 있는 곳을 찾아냈잖아요. 이곳에서 언니는 영어를 가르치고, 중빈이는 아이들에게 악기를 가르치고. 결국 중빈이는 아이들과 함께 공연 프로그램까지 만들고. 어디 그뿐인가요. 한국에 있는 사람들과 연결하여 이들이 자립할 수 있는 방법까지 만들었잖아요. 몇 년에 걸쳐서. 지치지도 않는 사랑으로. 그곳이 언니에겐 우붓의 심장이 아닐까, 나는 생각했어요.

근데 하루짜리 휴가를 받아 든 회사원은 그곳에 갈 용기가 안 나더라고요. 핑계야 많죠. 발리의 초록색만큼 많죠. 그걸로 나를 탓할 사람은 아무도 없다는 것도 알죠. 특히나 언니는 절대 그럴 사람이 아니라는 것도 내가 제일 잘 알죠. 이곳에서 언니가 좋아하는 우붓의 정수를 찾고 싶은 마음과 그렇다고 또 너무 핵심으로 들어가고 싶지는 않은 마음 사이를 오가다가 구글 지도를 조금 좁혀보았어요. 숙소에서 너무 멀어지지 않고 갈 수 있는 곳이 있나 하고. 다행히 숙소 바로 옆에 '짬푸한 리지 워크(Campuhan Ridge Walk)'라 적힌 길이 있더라고요. 그곳부터 좀 걷기로 했어요. 걷다 보면 좀 알까 싶어서. 언니의 진심은 우붓의 자연에게도 한 바가지 있을 테니까요.

선크림을 꼼꼼히 바르고, 모자를 쓰고, 긴팔을 꺼내 입고(햇빛 알레르기를 가진 자에게 이곳의 햇빛은 말 그대로 재난이네요. 아무리 꼼꼼히 가려도 잠시 후엔 온몸에 두드러기 폭격이 떨어지겠죠) 걷기 시작했어요.

아, 세상 모든 명도와 채도와 모양과 질감의 초록이 거기 다 있더라고요. 큰 초록, 어린 초록, 나이 많은 초록, 막 세상에 나온 초록. 그 모두가 각자의 목소리로 거대한 초록 공간을 만들어놓았더라고요. 고맙게 오늘은 바람도 있었어요. 그 녹색과 맑음과 고요를 먹으며, 그야말로 흡입하며 계속 걸었어요. 제 앞엔 젊은 엄마와 어린 딸이 걷고 있었어요. 그들 위로 자연스럽게 언니와 중빈이의 모습이 겹쳐졌어요.

다섯 살짜리 중빈이와 함께 라오스에 다녀와 쓴 언니의 책 『욕망이 멈추는 곳, 라오스』를 성경처럼 책상 앞에 두고 20대의 나는 오래도록 복용했거든요. 야근하다가 슬퍼질 때, 여기서 딱 그만두고 싶을 때마다 언니 책을 꺼내 들었죠. 읽고 읽고 또 읽다가 더 이상 참을 수 없을 때 언니에게 메일을 보냈던 거예요. 혹시 만나줄 수 있냐고. 그렇게 우리는 만났고, 처음부터 잘 통했고, 시간이 흘렀고, 이제는 언니를 따라 여기 우붓까지 오게 되었네요. 이런저런 생각들을 하며 귀여운 모녀와 오전 내내 앞서거니 뒤서거니 걸었어요. 점점 숲이 나오고 그러다가 갑자기 논이 나오고 그러다가 거대한 언덕이 나왔어요. 어느새 같이 걷던 사람들은 다 사라지고 나만 남았더라고요.

계속 가보기로 했어요. 특별히 목적지가 없기도 했고, 관광지에서 벗어나면 또 다른 풍경이 펼쳐질 테니. 수많은 사원을 지나고, 집을 지나고, 의아한 눈빛들을 지나고(너 왜 이곳을 걷고 있니), 수많은 호의를 지나(꽤 많은 사람들이 차나 오토바이를 세우고 시내 중심가로 데려다줄까 묻더라고요) 묵묵히 계속 걸어 늦은 오후가 되어서야 숙소로 다시 돌아왔어요. 두드러기와 가려움에 공격당한 처참한 몸을 이끌고요.

실은 우붓에 도착하면 뭔가 대단한 걸 느낄 수 있을 줄 알았어요. 나는 언니를 좋아하니까. 그 누구보다 언니의 글을 좋아하니까. 언니 글 속의 여행을 동경하니까. 나라면 절대 택하지 않을 수많은 나라와 숙소와 경험 사이를 헤매며 언니는 내가 짐작조차 못 한 여행의 결들을 다 건져 올려 보여줬으니까. 나는 그 결들을 오래도록 바라보고 오래도록 어루만졌으니까. 나는 금방이라도 언니의 우붓을 만날 수 있을 거라 생각했어요. 근데 그만큼 언니가 나를 더 잘 알아서, 나는 빈 말도 못 하겠네요. 뭔가 대단한 것을 느낀 것처럼 군다면, 언니는 억지로 잠근 단추 사이로 삐져나오는 속옷 자락의 다급함까지 모조리 알아챌 것 같거든요. 그래서 솔직하게 말을 하자면, 딱히 우붓이라서 좋았다고 말하긴 어려워요. 다만 초록의 향연을 걸어서 좋았어요. 오랜만이었거든요. 그토록 대단한 초록의 향연에 갇혀본 건. 지도도 없이 눈앞의 길을 따라 걷기만 해본 건. 어떤 목적도 없이 시간을 흘려보내는 건.

내일이면 좀 더 깔끔한 옷을 입고 바닷가의 고급 호텔로 가서 영어로 프레젠테이션을 해야 해요. 수많은 나라에서 모인 크리에이티브 디렉터들 앞에 서서. 대단한 성공도 없겠지만 대단한 실패도 없을 거예요. 준비를 많이 했으니까. 언니가 잘 아는 것처럼 회사원 김민철은 책임감도 강하고, 자존심도 강하고, 스스로의 실수를 용납하지 않는 사람이니까. 주어진 일은 그 범위 안에서 최선을 다해 해내는 사람이니까.

그런데 여행자 김민철은 내 여행의 범위를 자꾸만 고민하는 사람이네요. 나보다 어려운 곳을 살피는 여행에 대해. 타인의 이야기를 진심으로 끌어안는 여행에 대해. 내게 줄 수 있는 것이 한 줌 있으니. 그 한 줌을 꼭 필요한 사람들에게 쥐여주고 돌아오는 여행에 대해. 그들에게서 내 품에 안을 수 없을 정도로 무겁고 따뜻한 행복을 찾아 돌아오는 여행에 대해. 그러니까 나와 다른 언니의 여행에 대해.

자주 생각하거든요. 나에게도 언니의 여행이 가능할까 하고. 언니를 만나고, 언니와 친해지고, 사적인 이야기들도 거리낌 없이 나누게 되며 더 생각했거든요. 남미에서 돌아와 사람들과 힘을 합쳐 기어이 그곳에 도서관을 짓는 언니를 보며. 라오스에서 집 없는 아이들의 손을 붙잡고 옷을 사 입히고 밥을 사 먹이는 언니의 이야기를 읽으며. 이곳 우붓에서 언니가 일군 변화를 몇 년간 들으며. 나도 내게 편한 여행 대신. 다른 식의 여행을 시도해봐야 하는 게 아닌가 하고요. 내가 좋아하는 여행을 너무 잘 아니, 딱 그런 식의 여행만 자꾸 하려는 게 나의 한계가 되고 있는 건 아닌가 하고요.

언니를 몰랐다면 하지도 않았을 고민을 나는 오늘 여기 도착해서도 계속하고 있네요. 왜 그런 고민을 하냐고 하겠지만 고민이 없는 사람보다 고민을 하는 사람이 낫겠죠. 심지어 좋아하고, 닮고 싶은 사람이 온몸으로 던져준 고민이라면 나도 그 고민을 정면에서 온몸으로 받아야 마땅하겠지. 그래야 그 고민이 파장을 일으켜 내 품을 넓혀줄 테니까. 그래야 그 고민의 폭만큼 내가 한 뼘이라도 자랄 테니까. 그러다 보면 나도 언젠가는 내 품보다 넓은 여행을 할 수 있지 않을까요.

이런 생각을 오가다 하루가 다 가버렸어요. 참 나도 나다. 이 짧은 출장 안에서도 기어이 다른 온도를 경험하네요. 언니가 회사 앞에 왔다는 연락을 주면 후다닥 뛰어나가 점심시간 동안만이라도 다른 사람이 되었다가 돌아오는 그 시간 같은 우붓이었어요. 이번엔 하루짜리였지만 다음엔 좀 더 길게, 언니처럼 길게, 넓은 품으로 우붓에 머물고 싶어요. 언젠가는 꼭 내게 다른 여행을 향한 용기가 깃들길.

2017년
우붓에서
민철

너는 이곳에서 안전해

Portland, USA

장싸롱 사장님에게

갑자기 사장님에게 편지를 쓰려니 뭔가 어색하네요. 우린 벌써 8년이나 되었지만, 서로 마주 볼 일이 없는 사이잖아요. 늘 같은 방향을 보고 있죠(이렇게 말하니 뭔가 사연 있는 관계 같네요). 저는 거울 앞에 앉아 있고, 사장님은 제 머리 뒤로 서 있고. 이젠 어떤 스타일을 부탁한다는 말도 하지 않죠. 저는 사장님을 만나고 평생 이 뽀글머리로 살기로 작정을 했으니까요. 덕분에 제 인생의 어느 한편이 훌쩍 가벼워진 거 아세요? 더 이상 머리 고민을 할 필요가 없다니! 머리가 엉킨 만큼 머릿속은 단정해지기 시작했어요.

이런 이야기를 하려고 편지를 쓰기 시작한 게 아닌데. 포스터 이야기를 하고 싶었어요. 장싸롱 앞에 붙어 있는 그 포스터. 맞아요. 사장님이 포틀랜드에서 보고 홀딱 반해버려서, 결국 한국 와서 인쇄를 해버린 바로 그 포스터. 제가 포틀랜드에 여행 간다고 말했을 때, 사장님은 그 누구보다 반가워하며 대뜸 그 포스터부터 보여줬잖아요. 포스터엔 이렇게 적혀 있었어요.

WE WELCOME

ALL RACES

ALL RELIGIONS

ALL COUNTRIES OF ORIGIN

ALL SEXUAL ORIENTATIONS

ALL GENDERS

ALL ABILITIES

WE STAND WITH YOU

YOU ARE SAFE HERE

지금에 와서 솔직히 말하자면 저는 그때 저 포스터가 어떤 의미인지 잘 몰랐어요. 너무 당연한 말 아닌가, 라고 생각했죠.

'네가 어떤 인종이든, 종교이든, 출신이든, 성 정체성이든, 성별이든, 능력이든 우리는 환영해. 우리는 네 편이야. 너는 이

곳에서 안전해.'

직역하자면 이런 의미일 텐데, 저는 저 문장 앞에서야 비로소 안심할 수 있는 사람이 되어본 적이 없었던 거죠. 포스터의 한 줄 한 줄이 꿰어져 누군가에게 실질적인 안전망이 되는 환경에 노출된 적도 없었고요. 그 사실을 깨달은 건 포틀랜드에 도착하고 고작 이틀이 지났을 때였어요.

버스를 타고 시내 중심가로 나가던 중이었어요. 창밖을 보며, 미국에서 이토록 버스 시스템이 잘되어 있는 도시라니, 이토록 자전거도로가 잘되어 있는 도시라니, 감탄하고 있었죠. 정거장에 버스가 서더니 운전기사가 일어서더라고요. 그 순간 버스 전체가 오른쪽으로 기울었고, 앞쪽에 앉은 사람들은 물 흐르듯 일어서서 의자를 접고 뒷자리로 이동을 했어요. 무슨 일이 일어나고 있는 건지 알아채는 데는 오랜 시간이 걸리지 않았어요. 곧바로 버스에 휠체어를 탄 사람이 올라왔거든요. 운전기사는 휠체어석에 휠체어를 딱 고정시키고, 뒷자리 할아버지는 휠체어 탄 사람이 불편한 점은 없는지 곧바로 살피더라고요. 그 모든 과정이 순식간에, 어떤 망설임이나 허둥댐 없이 일사불란하게 이루어졌고, 버스는 아무 일도 없었다는 듯이 출발했어요.

잠시 후 거동이 불편한 할머니가 휠체어를 탄 채 버스에 오르려 했을 때에도 같은 일이 벌어졌어요. 버스 왼쪽과 오른쪽 모두에 휠체어가 아무렇지도 않게 고정되어 있는 일상이라니. 눈으로 보면서도 얼떨떨했어요.

누군가는 말할 거예요. 그게 뭐? 우리나라도 요즘 그런 저상버스들 많이 다니잖아? 라고. 저도 알죠. 근데 우리나라에서 휠체어 탄 장애인이 버스에 타는 걸 보신 적 있으세요? 언젠가 팟캐스트 「책읽아웃」에 김원영 변호사님이 출연하셨을 때, 골형성부전증으로 휠체어를 타는 그분이 들어갈 수 있는 녹음실이 없어서 제작진이 애먹었다는 이야기가 떠올랐어요.

심지어 버스가 포틀랜드 중심가에 저희를 내려줬을 때 제가 제일 먼저 마주친 풍경이 뭔지 아세요? 연둣빛 나무 터널 밑으로 휠체어를 탄 사람이 누구의 시선도 받지 않고, 유유히 길을 건너고 있는 풍경. 그 풍경이 너무나도 자연스러워서 너무나도 낯설었어요. 한국에서 장애인은 왜 안 보일까요? 인구의 10퍼센트가 장애인이라는데, 분명 있는데 왜 그들은 없을까요?

있는데 없는 사람들이 어디 그들뿐일까요. 그러고 보면 포스터 속에 언급된 사람들 대부분이 우리나라에 분명 있는데 없는 사람들이었어요. 아무리 생각해도 그 사람들이 잘 생각나지 않더라고요. 근데 그거 아세요? 기억하려고 애쓸수록 더 선명하게 떠오르는 것들은 다른 것들이었어요. 거침 없이 노골적으로 차별하는 사람들. 눈앞에서 상대를 찌르고 등 뒤를 가격하는 목소리들. 절망적인 건 그 차별의 언어들이, 시선들이, 정책들이 우리 사회 곳곳에서 승리를 거두고 있는 것처럼 보일 때예요. 심지어 '차별금지법'도 국회를 못넘고 있잖아요. 차별 금지를 금지하고 있는 현실이라니. 계속 차별하고 살겠습니다,라는 의미일까요? 그들을 제거해버리겠다는 선언일까요? '제거'가 아니라면 뭐라 표현할 수 있을까요. 도려내듯 없애버리잖아요. 그럼 없을 수 있을 것처럼. 그럼 마치 이 사회가 '정상'이 될 수 있을 것처럼.

'정상'에 대한 비정상적일 정도의 집착. 조금만 달라도 '정상'이 아니죠. 어디 장애에만 해당되는 이야기인가요. 정상 가족에 대해서도 집착하죠. 남편과 아내 그리고 자녀. 여기서 조금만 벗어나도 방금 만난 택시 기사까지 간섭을 하죠. 국가는 아예 못 본 척하잖아요. 기억하세요? 작년 인구주택총조사의 '같이 사는 사람' 질문에 대한 항목들. 1번부터 13번까지 각종 가족이 모두 적혀 있고(심지어 '부모의 형제자매 배우자'도 선택지 중 하나로 올라가 있었어요), 14번 딱 하나만 '그 외 같이 사는 사람(고용인, 하숙인 등)'이었죠. 애인이랑 같이 사는 사람, 친구와 같이 사는 사람, 사실혼 관계인 사람, 하우스 셰어 하는 사람 등등 혈연이 아닌 사람과 가족을 이루며 사는 이들이 이토록 주변에 수두룩한데, 겨우 드는 예가 '고용인'과 '하숙인'이라니요. 60년대인 줄 알았잖아요. 한부모 가정이 많아지고, 조부모 가정도 엄연히 존재하는 현실인지라 '부모'라는 말도 누군가에겐 상처가 될까 조심하는 사람이 있는가 하면 국가기관은 이런 간단한 조사에서도 차별을 여과 없이 전시하더라고요.

이성애에 대한 집착은 말할 것도 없죠. 동성애에 그토록 열과 성을 다해서 반대하는 사람들을 보면, 이 사람들 도대체 사랑을 해본 적도 받아본 적도 없구나 싶어요. 그게 어디 반대한다고 반대할 수 있는 일인가요.

동성혼이 합법화되면 갑자기 들불처럼 동성애가 번질 거라는 그 공포도 그래요. 이성혼이 이토록 합법인데, 혼자 사는 사람은 계속해서 늘어나고 혼인율은 계속 떨어지는 건 도대체 어떻게 설명할 작정일까요. 단일민족에 대한 집착도 병적이죠. 세계화를 그토록 목 놓아 외치면서도, 부모 모두 한국

출신이 아니면 어김없이 따돌리죠. 같지 않으니까. 같지 않다면 '정상'이 아니니까.

저는 포틀랜드에 도착해서야 사장님이 내게 보여준 그 포스터의 의미를 깨달았죠. 다름을 인정하는 것. 다름으로 누군가를 판단하지 않는 것. 판단 대신 존중하는 것. 그런 당연한 감각이 우리에겐 당연하지 않잖아요. 그런데 이곳에서는 그 포스터가 가게마다 붙어 있더라고요. 어디 가게뿐인가요. 집 앞에도 붙어 있었어요. 포틀랜드 사람들이 차별 한 톨 하지 않는 완벽한 사람들이라는 이야기를 하려는 게 아니에요. 그게 어디 가능한가요. 다만 그 포스터는 거울 같은 역할을 하지 않을까 짐작해봐요. 문득 들여다보며 나의 말과 행동의 매무새를 고쳐 잡는 거죠. 문득 머리를 스쳐 지나간 옳지 않은 선입견들을 제 방향으로 돌리는 거죠. 매번 포스터가 문 앞에서 나를 비춰주고 있으니까. 사장님도 그 포스터에 대해 말할 때 저에게 그랬잖아요.

"근데 저희 가게에는 문턱이 있어서 휠체어가 들어오려면 도움이 좀 필요해요."

봐요. 사장님만 해도 그 포스터를 거울처럼 쓰고 있잖아요.

미국 다른 도시들을 여행할 땐, 저녁에 해가 지면 집으로 돌아오기 바빴거든요. 불안했으니까. 근데 남편이 포틀랜드에 도착해서 가는 곳마다 붙어 있는 그 포스터를 보며 말하더라고요.

"이 포스터가 별거 아닌 것 같은데, 이게 있는 곳에서는 안심을 하게 되네."

안심. 나와 다르다는 이유로 상대가 나를 해치지 않을 거라는 믿음. 내가 어느 나라에서 왔건, 어떤 인종이건, 어떤 사람과 같이 있건, 어떤 장애가 있건, 나 자체로 받아들여질 거라는 확신. 그렇게 다름을 다 껴안을 수 있는 품을 지닌 사람들의 도시에서는 안심할 수 있다는 감각. 그래서 결론은요? 밤늦게까지 여기저기를 돌아다니며 수제 맥주를 마셨지요. 밤늦은 음주에 이유가 거창하죠? 술꾼들이야 뭐, 지나가는 바람 한 줄기도 오늘 술의 이유가 되죠. 오늘 술은 운명이 되죠. 하물며 이토록 안전한 포틀랜드에 왔으니까. 이곳저곳에서 그 포스터가 우리를 안심시켜주니까 마실 수밖에요.

사장님이 보여준 포스터로 미리 포틀랜드를 예습하지 않았다면, 오늘 휠체어의 풍경을 보면서도 저는 아무것도 못 느꼈을 거예요. 이래서 예습이 중요하죠. 그리고 이곳에서의 깨달음을 잊지 않기 위해 사장님에게 편지를 씁니다. 일종의 복습이죠. 복습도 중요하잖아요. 마음의 정중앙에 포틀랜드 포스터를 걸어두고 살아야겠어요.

2019년
포틀랜드에서
민철

GENDER
NEUTRAL
SALON

WE WELCOME
ALL RACES
ALL RELIGIONS
ALL COUNTRIES
OF ORIGIN
ALL SEXUAL
ORIENTATIONS
ALL GENDERS
WE STAND WITH YOU
YOU ARE SAFE HERE

Seoul, South Korea

Portland, USA

비수기 단골 서약서

Cefalu, Sicilia

미리 밝혀두자면 이건 일종의 각서예요. 술로 한 맹세가 가
득한. 내가 술로 하는 맹세라니. 캬. 얼마나 강력한 건지 알겠
죠? 각서의 유효기간도 걱정하지 않아도 좋아요. 시간이 지
나도 술은 썩지 않는 것처럼 이 각서도 계속 영원할 테니까.
치어스. '철군 또 어디 갔길래 낮부터 이렇게 헛소리고?'라며
걱정하는 선배의 목소리가 들리는 건…… 착각이겠지?

나는 지금 시칠리아 체팔루에 있어요. 이름은 못 들어봤어
도 분명 본 적은 있는 도시일 거야. 기억나요? 영화 「시네마
천국」의 바닷가 영화 상영 장면. 바닷가 스크린 앞에 사람
들이 옹기종기 앉아 있고, 미처 티켓을 구하지 못한 사람들
은 바다 위에 배를 띄워놓고 영화를 보던 장면. 설레고 흥성
거리는 어린 시절 한여름 밤 같은 풍경 말이에요. 맞아요. 체
팔루는 그 한 장면으로 유명해진 시칠리아의 해변 도시예요.
여름 한철의 인기로 1년을 먹고산다고 말해도 되는 완연한

여름의 도시죠. 하지만 나는 완연한 겨울인 오늘, 이 도시에 도착했지요. 후훗.

여름의 도시에 겨울에 도착하는 건 나의 오랜 버릇이잖아요. 겨울마다 여수 향일암에 내려가던 버릇은 리스본의 겨울로 이어지고, 바르셀로나의 겨울로, 피렌체의 겨울로 그리고 급기야 시칠리아의 겨울로 이어졌어요. 비수기의 매력을 한번 알아버리면 도저히 끊어낼 수가 없더라고요. 한적하고, 담백하죠. 사람으로 말하자면 비수기의 도시들은 꾸밈 하나 없는 말간 얼굴을 마주하는 느낌이거든요. 말간 얼굴로 슬며시 다가와서 어느새 진심을 툭 털어놓는 사람을 마주한 느낌.

물론 여름의 체팔루는 그 나름대로 매력이 있죠. 사진으로는 봤거든요. 상앗빛 도시를 배경으로 바닷가에 각양각색의 파라솔들과 수영복들이 마치 꽃처럼 빼곡히 피었더라고요. 마주치는 사람조차 거의 없는 한겨울의 체팔루에서, 어깨를 안 부딪히고는 바다에 무사히 도착하기 힘든 한여름의 체팔루를 상상한다는 건 뭔가 생의 다른 가능성을 상상하는 일 같아요. 도시의 심장박동이, 온도가, 나이대가 다른 느낌이거든요. 같은 체팔루라고는 도저히 상상할 수가 없어요. 여름의 해운대도 겨울의 해운대도 너무 잘 아는 선배니까 이 느낌은 누구보다 잘 알지 않을까.

비수기의 한적함을 즐길 마음의 준비는 다 되어 있었어요. 말했다시피 비수기는 내 전공이니까. 하지만 비수기에 시에스타까지 더해진 오늘의 체팔루는 정말 실마리조차 찾을 수 없는 어려운 수학 문제를 마주한 느낌이었어요.「시네마 천국」이고 뭐고 간에 거리가 그야말로 텅 비었더라고요. 문 연 가게도 하나 없고, 지나가는 사람도 하나 없는. 갈 곳도 모르겠고, 머무를 곳도 찾을 수 없는.

아니 이 비수기에 뭘 했다고 오후 내내 도시 전체가 낮잠을 자는 걸까요. 선배는 '그럼 철군도 낮잠을 자!'라고 말하겠지만, 근면 성실을 평생의 미덕으로 여기며 살아온 선배의 후배에게 그건 더 어려운 미션이에요. 차라리 수학 문제를 풀고 말지. 결국 낮잠을 자지 않는 곳을 찾다 바닷가에 도착했어요. 바닷가 벤치에 앉아 이 아름다운 도시를 감상하고, 좀 걸어도 보고, 뼛속으로 스며드는 스산한 기운까지 맛보아도 시간이 안 가더라고요. 겨울바람과 정면으로 승부하며 생의 고난을 자처해도 시간은 어찌나 정직하게 흐르는지. 결국은 인정할 수밖에 없었어요. 더 이상 갈 곳이 없다는 걸. 기적처럼 문을 연 와인 가게 앞에서 말했어요.

"그냥, 와인 한 병 사서 숙소로 돌아갈까?"

언제나 내 의견에 적극 찬성인 남편은 이번엔 더 크게 찬성하더라고요. 그도 지쳤으니까. 목소리를 잘 내지 않는 사람이 목소리를 낼 땐, 귀 기울여야 하죠.

처음 가게 문을 열고 들어갔을 때 눈에 보인 건 양쪽 벽을 가득 채운 와인들 그리고 테이블 두 개였어요. 이 테이블에 앉아서 와인을 마셔도 되려나 생각하며 조금 더 가게 안으로 들어갔어요. 그랬더니 세상에나, 바다로 난 테라스에 테이블이 두 개 있는 거 있죠? 한 테이블에는 커다란 강아지 두 마리와 중년의 여인이 앉아 있었고요. 무슨 구명보트를 발견한 기분이었어요. 나는 다급한 마음을 들키지 않으려 애쓰며 주인에게 물었죠. 나머지 한 테이블에 앉아도 되냐고. 안 될 이유가 있겠어요? 와인 한 병을 주문했더니 순식간에 그 구명보트가 우리 것이 되더라고요.

그 순간 우리는 갑자기 다른 도시에 도착했어요. 차갑고 텅 빈 도시에서 돌연 안전하고, 따뜻한, 그리하여 다정한 도시로. 2만 원도 안 하는 와인 한 병을 시켰을 뿐인데, 치즈와 각종 햄과 크래커까지 더한 플레이트까지 받아 들면, 다정하다는 느낌을 받지 않을 수 없죠. 그 돈으로 체팔루 겨울 바다를 따뜻하게 마주하고 있으니 졸부가 된 느낌마저 들었어요. 졸부가 아니면 뭐겠어. 방금 전까지는 정말 가난한 기분으로 어두운 골목을 헤매고 있었잖아요. 근데 갑작스럽게 이런 호사스러운 테라스에 앉아서 이토록 여유롭게 맛있는 와인과 치즈를 향유하는 신분으로 상승한 거예요. 이 정도면 거의 신분 세탁이죠. 이 정도 신분 세탁이면 거의 시칠리아 마피아급이죠(응. 그 짐작이 맞아요. 시칠리아 온다고 「대부」를 다시 다 봤어요).

옆자리 네덜란드 아주머니는 5년 전부터 겨울이면 체팔루에 와서 지내다 이제는 여름을 제외하고는 거의 대부분 이곳에 와 있대요. 여름 성수기엔 비싸고, 시끄럽고, 붐비고, 미쳐 돌아가는 체팔루라며 고개를 절레절레하더라고요. 비수기 마니아인 나도 덩달아 고개를 끄덕였어요. 마치 여름 체팔루는 나도 좀 안다는 듯이. 한참 후엔 스페인 가족도 아주머니 테이블로 합석을 했어요. 좁아도 불평하는 사람은 아무도 없었어요. 불평이라니. 바다가 이토록 넓은데 무슨 불평거리가 있겠어요. 이 도시의 아마도 유일한 안식처에서 무슨 불평이 겠어요.

잠깐의 대화가 이어지다가도 모두 다 바다를 바라보았어요. 모두 저마다의 바다로 미끄러져 들어갔죠. 내 생각이 도착한 바다는 고3 때의 해운대였고요. 원하던 대학에서 떨어진 후 마음이 끝도 없이 추락할 때면 혼자서 겨울 해운대 바닷가로 갔거든요. 뭘 한 것도 아니야. 그냥 모래사장에 가만히 앉아서 계속 바다만 보다가 돌아왔어요. 몇 번이나 그랬는지 몰라요. 본능적으로 알았던 거지. 사람의 부드러운 위로가 아니라 거칠고 명징한 바다의 위로가 필요하다는 걸. 아무도 없는 겨울 해운대라면 그런 위로를 해줄 수 있다는 걸.

근데 이상하게 오늘의 나에게도 이 바다는 위안이 되었어요. 한참을 바라보며 와인을 마시는데 단단하게 맺혀 있던 마음 한구석이 파도에 스르르 녹는 기분이 드는 거예요. 억울하지도 슬프지도 않았는데도 위안이 되다니. 다 괜찮다며 등을 크게 쓰다듬어주는 위로가 되다니. 참 신기하죠? 바다란 정말. 거기에 햇살과 와인과 치즈까지. 그들이 힘을 합쳐 나를 구조한 덕분에 체팔루는 그 순간 나에게 천국이 되었어요. 이곳이 천국이 아니라면 지상에서 나는 다른 천국을 찾을 자신이 없을 만큼.

언젠가 선배가 말했죠? 나이가 들면 바닷가에서 칵테일 바를 열고 싶다고. 진짜 그 꿈이 실현된다면, 겨울 비수기는 걱정하지 않아도 돼요. 겨울엔 나랑 남편이 매일 가서 있을게요. 큰 파도가 칠 때마다 술을 시킬게요. 그렇게 매일 바다처

럼 마셔줄게. 겨울 눈처럼 짙은 매상을 올려줄게. 오늘 여기
가 천국인 것처럼 그때 그곳도 천국일 거예요. 아, 물론 선배
가 하는 칵테일 바라면 천국이 아닐 도리가 없죠. 마시지 않
을 도리가 없죠. 맞아. 이건 편지가 아니라 비수기의 단골 서
약서예요.
'비수기에 단골이 되겠습니다.'
한 문장으로 끝날 말을 또 이렇게 길게 해버렸네.

우리가 한국에 돌아가면 망원호프에 놀러 오세요. 맛있는
술과 함께 나머지 이야기를 대접할게요. 지중해 바닷가 술집
답사까지 다 마친 이야기를 듣다 보면 바닷가 술집 로망에
바람이 확실하게 들어갈 거야. 지중해 술집의 기운을 팍팍
불어넣어줄게. 돌아가서 봐요.

2018년
겨울의 체팔루 바닷가에서
민재

제 곁의 양지를 조금 넓혀볼게요

Jocheon, Jeju-do

오늘도 지하철이 한강을 건너는 순간 휴대폰 사진첩을 열었어요. 다급하게. 지하철이 한강을 건넌다는 건, 이제 회사가 코앞이라는 신호거든요. 사진첩을 재빨리 스크롤해서 오늘 기분에 가장 필요한 사진 한 장을 알약처럼 복용해요. 마치 그 사진을 복용하고 나면 그 사진 속 행복한 순간에 나를 고정시켜놓을 수 있을 것처럼.

요 며칠 계속해서 손가락은 같은 곳에서 멈춰요. 바로 지난달 제주도 바닷가 풍경이죠. 제주도 만춘서점에 도착하자마자 사장님과 인사를 나누고, 사장님이 내어준 방에 짐을 풀었잖아요. 아니구나. 짐을 내려놓기만 했죠. 바로 바닷가로 걸어 나가고 싶었거든요. 방에서 좀 쉬겠다는 남편을 두고, 혼자서 부리나케 달려 나갔죠. 북토크까지는 30분밖에 남지 않은 시간이었지만, 마음이 이미 바닷가에 도착해 있어서 어쩔 수 없었어요. 몸이 무슨 힘이 있겠어요. 재빨리 마음을 따라잡으러 달려 나갈 수밖에.

해가 넘어가는 시간이었어요. 바다는 이미 멀어진 시간이었고요. 덕분에 낮에는 없던 모래섬이 바다에 쉼표처럼 생겨 있었죠. 늦가을이어서 바닷물이 찰 텐데 몇몇 사람들은 양말까지 벗고 이미 모래섬으로 건너간 후였어요. 어쩜 저는 하루 중 가장 사진 찍기 좋은 시간에, 이토록 좋은 곳에 도착한 걸까요. 낮이었다면 눈길을 끌지 않았을 평범한 사람들도 그 순간 그곳에서는 서로에게 그림이 되었어요. 제가 무슨 힘이 있겠어요. 한숨을 푹푹 내쉬면서 카메라 셔터를 계속 눌렀어요. 이 한숨을 오해하진 마세요. 너무 좋아서, 너무 아름다워서, 사진을 찍을 때마다 너무 벅차서 한숨으로라도 그 벅참을 푹푹 뱉어내야만 했어요. 과장법이 심하다고요? 여행자잖아요. 과장법은 여행자의 특권인걸요.

잠깐 바다에서 숨을 쉬고, 허겁지겁 서점으로 돌아왔어요. 이토록 바다 지척의 서점이라니. 이런 곳에서 북토크라니. 사장님 덕에 허은실 시인과의 북토크가 무사히 잘 끝나고, 뒤풀이가 시작되었죠. 사장님 집에서. 우리가 드디어 같이 술을 마시게 된 거예요. 7년 전, 사장님이 같이 술 마시자고 말했던 그 제안이 마침내 성사가 된 거예요. 무려 7년을 기다려서. 무려 7년을 훌쩍 건너서.

7년 전 기억 안 나시죠? 사장님은 그때 제주 하도리에서 작은 카페를 하고 있었고, 저와 남편은 그곳의 손님이었죠. 천장까지 모두 나무로 마감된 그 노랗고 고요한 곳에서 남편은 책을 읽고, 저는 책을 읽다 뜨개질을 하다 또 책을 읽었죠. 남의 집을 통째로 빌린 느낌이었어요. 몇 시간이나 앉아 있었지만 손님이 우리밖에 없었거든요.

긴 머리에 긴 원피스를 입은 사장님도 카페 어딘가에 앉아 책을 읽었을까요? 잘 기억은 안 나요. 어쨌거나 저희는 이틀 후 다시 그곳에 갔어요. 갈 수밖에 없었어요. 카페를 나와서도 계속해서 그곳 생각이 났거든요. 여행 속 여행 느낌. 여행이 다른 시공간으로의 이동이라면, 여행 속 여행은 다른 차원으로의 이동이라 말하면 설명이 될까요. '하도 카페가 그 정도였다고?'라며 사장님은 놀라실 수도 있지만 진짜 그때의 하도 카페가 그랬답니다. 마치 고요한 기운 한 겹을 선물받은 느낌이랄까. 서울로 돌아와서도 그 시간과 공간에 대한 기억을 고요한 가운처럼 걸치면, 불필요한 짜증과 잡념이 힘을 잃고 바닥으로 투두둑 떨어질 것 같았어요. 그 가운의 효력을 높이려면 한 번 더 가야만 했죠.

다시 가서도 똑같은 자리에 앉아 똑같이 책을 읽고 뜨개질을 했어요. 너무 오래 그러고 앉아 있었나 봐요. 오후가 기울고 사장님의 친구들이 놀러 왔잖아요. 저희 뒤 테이블에서 술자리가 시작되자 남편과 저는 서로 마주 보며 웃었죠. 그 전까지는 조용한 분인 줄 알았는데 친구 때문인지, 낮술 때문인지 사장님의 목소리에 생기가 들어찼거든요. 읽던 부분까지만 마저 읽고 일어나려고 했는데, 저희보다 사장님이 빨랐죠. 사장님이 바로 저희를 불렀으니까요.

"저기요, 책 눈에 안 들어오는 거 알아요. 그냥 여기 와서 같이 술 마셔요."

푸하하하. 사장님의 말을 그 후로 얼마나 자주 떠올렸는지 몰라요. 떠올릴 때마다 얼굴에 웃음이 너무 활짝 피거든요. 편지를 쓰는 지금 또 웃고 있네요. 두어 번 권유가 이어지고 저희는 쭈뼛쭈뼛 합석했죠. 술을 많이 마실 수는 없었어요. 남편이 그때 처음으로 운전을 했거든요. 아니구나. 정정할게요. 그때 처음이자 마지막으로 운전을 했거든요. 제주도니까 한번 해보라고 열심히 꼬드겼더니 연수를 받고 모닝을 시속 30킬로 속도로 운전해서 겨우 거기까지 간 거였거든요. 저도 옆자리에서 열심히 내비게이션을 봐야 해서 술에 취하면 곤란했어요. 저만 딱 한 잔 받아 마시고 일어섰죠. 술이 더해지지 않아도 하도 카페의 시간은 이미 충분히 선물이었으니까.

그다음부터는 여행보다 더 거짓말 같은 일들이 벌어지기 시작했죠. 저는 서울로 돌아와서 이듬해 『모든 요일의 기록』이라는 책을 냈고, 사장님은 하도 카페를 닫고 갑자기 '소심한 책방'에서 아르바이트를 시작하셨죠. 그러다가 사장님이 제 책을 읽게 되시고, 서점 손님들에게 대놓고 그 책을 홍보하기 시작했고, 제주도에 다녀오면서 제 책을 사 왔다는 사람들이 인터넷상에 너무 많이 보이게 됐잖아요.

처음에 저는 무슨 일인가 싶었어요. 제주도에 도대체 무슨 일이 있나. 그러다 '소심한 책방'의 진심 어린 추천 글 때문이라는 걸 알게 되었고, 그 책방에서 일하는 분이 오래전 하도 카페 사장님이라는 것까지 우연히 알게 되었죠. 물론 사장님은 그때 하도 카페의 손님이 쓴 책이라는 건 까맣게 모르고 계셨고요.

우연은 여기서 끝나지 않죠. 어느 날 제가 그 책의 소제목인 '지금, 여기서 행복할 것'이라는 멘트를 SNS에 올렸더니 사장님이 답글을 달았잖아요. "그걸 줄이면 '여행'이죠"라고. 제가 그때 얼마나 놀랐는지 모르실 거예요. 그땐 제가 『모든 요일의 여행』이라는 책을 쓰던 중이었거든요. 냉큼 사장님의 말을 주워다가 새로운 책에 넣었죠. 근데 그거 아세요?『모든 요일의 여행』이 잘 팔린 이유의 절반은 사장님의 공이라는 거. 과장이 아니에요. 정말 많은 사람들이 사장님의 그 말을 찍어서 SNS에 올렸거든요. 그제야 사장님에게 제가 하도카페에도 갔었다고 알렸지만, 당연히 사장님이 기억하실 리가 없죠.

시간은 또 흘러 사장님은 마침내 '만춘서점'을 오픈했죠. 근데 사람도 서점도 이름 따라 가는 게 맞는 것 같아요. 가득 찬 봄, 만춘. 그 이름처럼 그곳에서는 새로운 사람들과의 만남이 끝도 없이 피어나는 것 같아요. 어쩜 그럴까요. 어떻게 그럴까요. 특히 강아솔, 수상한 커튼, 이아립, 이 세 명의 싱어송라이터가『우리의 만춘』이라는 앨범을 낸 것은 이 서점의 마력을 절정으로 드러냈죠. 서점에서 제작한 음반답게 책에서 영감을 받아 만든 음악이라니. 그 세 명의 인터뷰를 사장님은 제게 부탁하셨고, 그리하여 또다시 새로운 인연을 순식간에 이어내셨죠. 특히 저는 강아솔 님의 열혈 팬인지라, 그녀를 직접 만난다는 사실에 (콘서트를 얼마나 여러 번 간지 몰라요) 사방팔방 자랑을 하느라 너무 바빴잖아요.
확실히 사장님에게는 대단한 재주가 있는 것 같아요. 단 한 번의 스침을 인연으로 만드는 재주가. 다양한 스침을 인연으로 끌어안는 품이 있어요. 북토크 전 만춘서점을 둘러보며 다양한 사람들의 재능을 만춘서점 굿즈로 바꾸는 사장님의 추진력을. 사람들과 함께 뭔가 새로운 것을 계속해서 만들어 내는 에너지를 보면서 막연히 느끼긴 했어요.

그러다 북토크까지 끝나고 사장님 집에 모인 다양한 사람들을 보며 이 느낌은 확신이 되었어요. 도서관에서 일하시는 분부터 아티스트, 시인, 스무 살 넘게 어린 친구, 한 달 살기 하러 제주도에 왔다가 9개월째 서점 알바로 눌러앉은 분까지. 어디 가면 그런 분들을 만날 수 있을까요. 어쩜 그런 인연들이 계속해서 사장님 곁에서 꽃피는 걸까요. 각기 다른 색깔로 크기로 화알짝 핀 꽃들 덕분에 결국 새벽 3시 반까지 마셨잖아요(핑계가 좋죠?). 그것도 이틀 연속으로. 마실 수밖에 없었잖아요. 우리는 7년을 건너야 했으니까요(역시 핑계가 좋네요). 카페 사장님과 손님으로 스친 인연을, 서점 사장님과 작가로 단숨에 바꾸려면, 역시 술이죠. 술을 마시면서 이야기를 하고 하고 또 했죠. 낯가림이 심한 저와 남편도 어색함 하나 없이 처음 만난 사람들과 이야기를 나눴죠.

점을 선으로. 한 번의 만남을 긴 인연으로. 한 번으로 끝날 수도 있는 만남에 물을 주고 결국 꽃피우도록 하는 정성. 저에게 없는 단 하나를 꼽는다면 바로 그 정성일 거예요. 낯가림이 심하다고, 심하게 내성적이라고 아무리 변명을 해보아도 사실이 달라지는 건 아니죠. 그 핑계로 딱 한 뼘의 공간만 다른 사람들에게 내어주고 있거든요. 그 좁고 그늘진 공간에 어떻게든 뿌리를 내리는 인연들에게만 겨우 물을 주는 형편이거든요. 그 밖의 인연들은 다 가위로 싹둑싹둑 자르면서요. 제 마음대로 인연을 재단하면서요. 그러지 말자,라고 아무리 다짐을 해보아도 자꾸 품이 좁아지는 저 자신을 이제는 어떻게 해야 할지 모르겠다,라고 생각하고 있었는데 사장님을 만나게 된 거죠. 물론 겨우 두 번 만난 사장님에 대해 모든 걸 다 아는 것처럼 말하고 싶은 생각은 없어요. 사장님을 완벽함으로 미화하고 싶지도 않고요. 그게 가능하지도 않고요. 하지만 사장님이 거울처럼 저의 결점을 비추어준 건 맞아요. 고치려면 시간이 걸릴 거예요. 어쩌면 오래도록 제자리걸음일지도 몰라요. 하지만 그게 노력하지 않아도 되는 이유가 되진 못하죠.

무턱대고 누군가에게 기대기도 하고, 누군가에게 어깨를 내주기도 해야겠어요. 함부로 재단하지 않고, 함부로 등을 돌리지도 않고 슬며시 곁에 앉아봐야겠어요. 술도 좀 권해봐야겠어요. 제 곁의 양지를 조금 넓혀봐야겠어요. 그곳에 어떤 씨가 싹을 틔울지 알지 못하잖아요. 사장님의 손님방에는 조만간 또 갈 것 같아요. 언제든지 와도 좋다고 하셨으니 거절은 미리 거절합니다. 늦은 봄이 되기 전에, 만춘에서 다시 만나요.

2020년 겨울
민정

선물을 주고도 선물을 받은 기분

Kyoto, Japan

K에게

오늘 그곳에 다시 간 건 선물을 받기 위해서였어요. 2년 전 그곳에서 완벽한 선물을 받았었거든요. 그곳으로 향하며 저는 예쁜 리본을 풀고, 포장지의 테이프를 정성스럽게 뜯는 기분이었어요. 오늘은 또 어떤 선물을 받게 될까? 두근두근. 포장지 안에 든 게 무엇일지 전혀 알지 못하지만, 그것이 무엇일지라도 기분이 보드라워지고 우리의 표정은 돌연 따뜻해질 게 분명했거든요. 이렇게 말하니 꼭 선물을 맡겨놓은 사람 같죠?

2년 전 교토에 도착한 저녁, 남편과 저는 우리의 여행 운을 시험해보고 싶은 생각이 들었어요. 지도 앱에 맛집이 별처럼 가득했지만 그 별을 무시하고 우리의 감을 따라가보기로 한 거죠. 교토는 처음이었지만, 교토니까 좀 배팅을 해봐도 영 망하지는 않을 거라는 믿음이 있긴 했어요. 숙소에서 마음 내키는 방향으로 쭉 걸었어요. 그날따라 그 모험에 좀 더 적극적이었던 남편이 오래된 나무문 앞에 멈춰 서더라고요. 그 자리를 오래 지켜왔다는 것 말고는 별다른 특징이 없는, 평범한 일식집처럼 보였는데 말이죠. 문 앞에 메뉴가 붙어 있었지만 저희에게 별 쓸모는 없었어요. 일본어를 모르니까요. 재빠르게 구글 지도를 펼쳐서 찾아봤는데 그 가게는 검색조차 되지 않더라고요. 지도엔 아예 그 자리에 가게가 없는 걸로 떴어요. 이런 곳에 들어가도 되나 잠깐 망설이는 사이, 남편이 말했어요.

"들어가자."
"여기? 괜찮을까? 지도에도 안 나와."
"그러니까, 괜찮지 않을까?"

조금도 논리적이지 않은 결론이었지만, 망해도 좀 어때, 싶어서 나무문을 옆으로 밀며 들어갔어요. 여섯 자리 정도의 카운터석이 전부인 작은 가게였죠. 하얀 가운을 입은 하얀 할아버지가 텔레비전을 보다가 엉거주춤 일어섰어요. 할아버지는 영어를 한마디도 못하고, 저희는 일본어를 못하니 그다음부터는 서로 오해 대잔치였어요. 할아버지가 메뉴판에서 '생선(魚)' 글자를 가리키며 두 손으로 가위표를 하시길래 아,

오늘 회는 안 되는구나 생각했고, 근처 시장 이름을 말씀하시며 두 손으로 또 가위표를 하시길래 아, 오늘 시장이 문을 닫았구나 맘대로 해석했죠. 하나도 알아듣지 못하는 일본어가 한참 흘러가고 난 후 할아버지가 왼쪽 가슴을 두드리시길래, 우리는 고개를 크게 끄덕였어요. 자신에게 맡겨달라는 몸짓으로 보였거든요. 제대로 알아들었는지는 몰라도.

우리가 일본어를 하나도 할 줄 모르는 건 아니에요. 나마비루(生ビール). 그러니까 생맥주. 생존 일본어니까 당연히 이 정도는 익혔죠. 생맥주 두 잔을 내주고 할아버지는 주방으로 들어가셨어요. 그리고 조그마한 접시에 요리들이 조금씩 나오기 시작했죠. 야채절임이 나오고, 생선조림이 나오고, 뭔가를 내올 때마다 할아버지는 이게 무슨 재료로 만든 건지 설명하려 애썼지만 우리 사이엔 언어의 벽이 굳건하게 서 있었죠. 아무리 애써도 그날 갑자기 베를린 장벽처럼 그 벽이 무너질 순 없죠. 같은 단어를 몇 번 반복해주시면 겨우 인터넷으로 찾아보는 수준이었어요. 덕분에 할아버지가 주방에서 나올 때마다 우리는 선물을 하나씩 열어보는 기분이었어요.

"이게 국화를 절인 거라고? 국화를 절여서 먹기도 해?"
"오크라가 이런 맛이었구나."

"이건 도대체 뭘로 만든 거지?"

뜻밖의 코스 요리가 두 시간이 넘어가 배는 점점 빵빵해지고 있던 그때, 할아버지의 따님이 등장했어요. 영어를 할 줄 안다며 딸을 우리 앞에 세워두고 할아버지는 또 주방으로 들어갔죠.

"너무 행복한 식사였어요. 이 정도면 저희는 된 것 같아요. 배가 불러요."
"아, 아빠가 지금 따뜻한 유자국수를 하고 있는데, 그것까지만 먹고 가시래요."

단 둘밖에 없는 손님을 위해 여든도 넘은 할아버지가 마지막 선물을 준비하고 계셨던 거죠. 안 먹을 수 있나요. 면 배는 또 따로 있잖아요. 한 가락도 안 남기고 다 먹었어요. 고맙다는 인사를 몇 번이나 한 줄 몰라요. 이상할 정도로 마음이 따뜻해졌거든요. 어디서도 다시 못 먹을 게 분명한 (이름도 모르니까요) 요리들 하나하나가 다 선물처럼 느껴졌거든요. 화려하진 않아도 마음을 담뿍 담은 선물. 입에 넣기도 전에 미소부터 번지는 선물. 우리 둘만 오롯이 즐긴 선물. 그 밤, 우리는 도대체 몇 개의 선물을 받은 건지 몰라요. 여행 내내 이름도 모르는 그 가게 이야기를 했고, 여행에서 돌아와서도 그 밤을 수시로 꺼내 리본을 풀었잖아요. 그래서 2년이 지나 다시 오늘, 그곳의 변함없는 나무문을 열며 얼마나 두근거렸나 몰라요.

가게는 그대로였어요. 할아버지도 그대로였고요. 다만 당신이 있었죠. 20대 초반의 조용한 말투를 가진 아르바이트생인 당신이. 그러고 보니 2년 동안 할아버지는 조금 더 거동이 느려지셨어요. 카운터에서 다른 이의 도움이, 그러니까 당신의 도움이 필요했던 거예요. 물론 우리에게도 당신의 도움이 필요했어요. 2년이 지났지만 메뉴판을 하나도 못 읽는 건 변하지 않았거든요. 당신이 능숙하지 않은 영어로 메뉴를 설명하면, 우리 역시 낯선 고유명사들 사이에서 우리 멋대로 추측했어요. 그래도 이번엔 주문을 했고, 어김없이 할아버지는 주방으로 들어가셨죠.

멀뚱멀뚱. 카운터에 당신이 서 있고 맞은편에 우리가 앉아 있고. 또 우리만 앉아 있고. 멀뚱멀뚱. 그러다 당신이 물었죠. 한국에서 온 거냐고. 네,라고 대답하는데 그 별거 아닌 대답에 당신의 표정이 너무 밝아지더라고요. 설마 했죠. 작년에 한국에 갔었다길래 또 설마 했죠. 역시나. BTS 팬이었어요. BTS를 너무 좋아해서 한국에 여행도 갔고, 도쿄돔도 갔다길래 제가 물었잖아요.

"아미인가요?"

제가 '아미'를 안다는 사실에 당신이 너무 놀라길래 (그건 한국 사람에겐 상식입니다) 계획에도 없었던 제 이야기를 슬쩍 해줬잖아요.

"제가 최근에 BTS와 관련한 프로젝트를 진행했어요. 그래서 방시혁 피디 아시나요? 네, 그분 앞에서도 프레젠테이션을 두 번이나 했잖아요."

당신은 제가 무슨 BTS라도 되는 것처럼 경이에 찬 눈빛으로 바라봤죠. 그때 마침 요리가 나왔어요. 다행이었어요. 제가 BTS에 대해 할 수 있는 말은 딱 거기까지였거든요. 요리 하나를 다 먹고 났더니 당신이 말을 이어갔죠. BTS 때문에 한국 문화가 궁금해졌고, 그래서 요즘은 한국 드라마들을 열심히 본다고. 한국 배우도 좋아해서 한국어도 조금씩 공부

하고 있다고.

"오, 대단한데요? 좋아하는 배우가 누구예요?"
"공유."

아, 공유. 배우 공유 말씀이신가요. 저는 밥을 먹다 말고 휴대폰을 꺼냈죠. 그리고 사진 한 장을 당신에게 보여줬죠. 작년, 광고 촬영장에서 공유 씨와 제가 함께 찍은 사진이었어요. 물론, 일하는 광경이었고요. 우연히 저희 팀 막내가 찍은 그 사진을 누군가에게 보여주게 될 줄이야. 그것도 외국에서. 당신은 양손으로 입을 막고 한참 동안 제가 마치 신이라도 되는 것처럼 바라보았죠. 그 사진 한 장으로 그 순간 당신에겐 제가 선물이 된 거예요. 갑자기 들이닥친 이 선물을 도대체 어떻게 해야 할지 몰라 당신은 막 뒷걸음질까지 쳤잖아요. 당신의 모습이 너무 귀여워서 저랑 남편은 웃지 않을 수가 없었어요. 분명 선물을 받으러 갔는데, 갑자기 제 존재가 선물이 되는 경험이라니.

요즘은 종종 그런 이야기를 들어요. 한국인이라는 이유로 낯선 곳에서 뜻밖의 환대를 받았다는 이야기를. 자신은 잘 알지도 못하는 한국 아이돌 팬들 덕분에 길을 잃지 않을 수 있었고, 식당에서 제일 맛있는 메뉴를 시킬 수 있었고, 위험한 상황에서 무사히 빠져나올 수 있었다고요. 그들은 도움을 주고도 오히려 영광스러워했대요. 그냥 한국 사람이라는 이유로 자신들의 스타와 더 가깝다고 느끼는 걸까요? 살면서 BTS를 만날 일이 없기로는 그들이나 우리나 마찬가지일 텐데. 공유 씨와 친분이 없는 것도 당신이나 저나 마찬가지인데. 그러거나 말거나 무슨 상관일까요? 제 눈앞에 있는 당신이 저 때문에 오늘 저녁 이토록 행복한걸요. 제가 누군가에게 선물이 되었다는 사실에 오늘 저녁 제가 이토록 행복한걸요.

다음에 만나면 줄 선물이 또 있어요. BTS가 「배철수의 음악캠프」에 출연했을 때, 배철수 디제이님이 제 책의 한 구절을 오프닝 멘트로 읽었거든요. 2020년에 출간된 『치즈: 치즈 맛이 나니까 치즈 맛이 난다고 했을 뿐인데』라는 제 책에 '좋아하는 마음'에 대해 쓴 구절이 있는데 딱 그 구절을, 딱 BTS 출연 날에 언급해주셔서 저 혼자 BTS에 대한 내적 친밀감이 폭발했었죠. 가문의 영광인 그런 날이 있었죠.

물론 2018년 가을 저녁의 저는, 그 먼 미래까지는 알지 못합니다. 어쩔 수 없죠. 다시 한번 교토에 가는 수밖에 없네요.

당신은 한국어 공부를 열심히 하고 있다고 말했으니, 이 자랑은 한국말로 또박또박 해줄게요. 방송에 나온 그 부분을 직접 들려줄게요. 그날 저는 또 한 번 당신에게 선물이 될 작정입니다. 제가 선물이 될 수 있다는 경험을 만끽할 작정입니다. 선물을 주고도 선물을 받은 기분일 테니, 벌써부터 저는 설레네요.

2018년 가을
한곳에서 온 선물, 민철인

이만큼을 바란 건 아니었는데

Portland, USA

폴 할아버지에게

잘 지내셨어요?

괜찮으세요? 정말 괜찮으신 거 맞죠? 이번만은 'How are you?' 정도로 가볍게 인사가 끝나지 않을 것 같아요. 포틀랜드에 다녀온 지 이제 겨우 1년. 그동안 너무 많은 일이 있었잖아요. 너무 많은 일들이 여전히 현재진행형이잖아요. 진심을 다해서 물을 수밖에 없네요. 괜찮나요, 우리?

시작은 호주 산불이었죠. 무려 6개월 동안 불은 꺼지지 않았잖아요. 도대체 안 탄 것이 무엇일까요. 10억 마리의 야생동물이 죽었어요. 호주 코알라의 3분의 1이 죽었어요. 시드니의 1월 기온이 48.9도까지 올라갔죠.

기온에 대해 이야기를 하자면 북극도 빼놓을 수가 없잖아요. 6월 20일, 사람이 사는 곳 중 가장 춥다는 러시아의 베르호얀스크가 38도까지 올랐죠. 7월 19일, 시베리아의 기온은 30도를 넘었고요. 시베리아가 '영상 30도'라는 단어를 만나다니! 가장 만날 것 같지 않은 두 단어의 결합은 또 있었어요. '시베리아 산불'. 남반구 호주에 이어 북극에도 산불이 났다는 뉴스를 저는 도대체 어떻게 받아들여야 할지 모르겠더라고요.

북극의 빙하는 2050년까지도 견디지 못할 거래요. 세계에서 가장 큰 빙하는 이미 깨졌대요. 2035년이면 빙하가 다 녹아버릴 거라는 예측까지도 들려와요.

산불이라면 할아버지도 할 말이 많으시죠? 미국 서부에도 산불이 덮쳤잖아요. 사흘간 만 번이 넘는 번개가 내려쳤다고요. 무려 560여 곳에서 불이 났다는 이야기를 들었을 때만 해도 그게 도대체 어떤 의미인지 저는 잘 몰랐어요. 너무 끔찍한 뉴스가 계속 이어지니 어느새 둔감해진 거죠. 그러다 영상을 봤어요. 모든 곳의 공기가 촘촘히 검붉은 샌프란시스코와 포틀랜드의 풍경을요. 산불 연기가 너무 심해 포틀랜드에서는 집 안에서도 N95 마스크를 쓰고 있어야만 한다는 뉴스에, 제가 사랑하는 그 도시와 자연을 덮친 비명에 저도 모르게 그 자리에서 더 큰 비명을 질렀어요. 아직 그곳의 산에서 만났던 새와 나무의 모습이 이토록 선명한데 도대체 무슨 일인 걸까요.

아프리카의 하늘 위는 메뚜기가 뒤덮었죠. 한두 마리의 메뚜기는 귀여울 수 있죠. 하지만 수십억 마리의 메뚜기는 재앙이 되죠. 한번 스쳐 지나가면 마을에 남는 건 아무것도 없대요. 1제곱킬로미터 면적의 무리가 하루에 무려 3만 5천 명분의 식량을 해치운다니까요. 심지어 어린 메뚜기의 식욕은 어른 메뚜기보다 훨씬 왕성하고요. 그렇게 먹어치운 후 바람을 타고 하루에 150킬로미터씩 날아간대요. 배고픈 땅의 얼마 없는 식량이 모두 메뚜기 차지가 되었어요. 이것이 우연일까요? 그럴 리 없죠. 지난 2년간 아프리카엔 유례없는 비가 내리고, 수온이 상승했대요. 고온다습한 환경은 메뚜기를 위한 최적의 환경이 되었고요. 그렇게 메뚜기들은 날아 날아 중국까지 도착했대요.

중국에 도착한 건 메뚜기뿐만이 아니었어요. 엄청난 양의 물도 도착했어요. 두 달간 비가 내렸고, 수재민은 5천만 명이 넘었어요. 이 비도 메뚜기처럼 그칠 줄 몰랐죠. 한국에도, 일본에도, 인도, 네팔, 방글라데시에도 수백만 명의 수재민이 발생했어요. 중국의 댐이 무너질 거라는 예상이 팽배했지만, 다행히 그런 일은 일어나지 않았어요. 대신 댐이 열리면서 어마어마한 담수가 바다로 흘러들었죠. 그렇게 옅어진 바닷물 때문에 바닷속에 어떤 일이 일어나고 있는지는 몰라요.

나중에 우리에게 어떻게 되돌아올지도 알지 못하죠. 그걸 신경 쓰기에는 육지 위의 상황이 좀 심각했잖아요.

맞아요. 인간 사회에 들불처럼 코로나19가 번졌죠. 그야말로 손쓸 기세도 없이 전 세계로 번져버렸어요. 1천만 명에게 퍼져나가는 데 겨우 6개월이 걸렸어요. 그리고 2천만 명으로 늘어나는 데는 그로부터 43일밖에 안 걸렸고요. 지금은? 미국의 사망자 수가 2차 세계대전 당시의 사망자 수를 넘어섰다는 기사를 봤어요. 전 세계 확진자 수는 급기야 1억 명이 넘고요(2021년 1월 기준).

할아버지는, 괜찮으신가요? 무사한가요?

질문을 하고 보니 '무사하다'라는 말도 폭력적이네요. 누가 감히 무사할 수 있을까요? 이 질병은 모두의 발을 평등하게 묶어버리고, 모두의 입에 똑같은 마스크를 씌웠죠. 누구나 똑같이 걸릴 수 있는 질병이죠. 조금 방심하면 누구나 감염의 근원지가 될 수 있고요. 하지만 코로나가 모두에게 '평등하다'라고 말하긴 어려울 것 같아요. 이 질병은 사회의 가장 약한 부분부터 퍽퍽 치며 무릎을 꿇게 만들었으니까요. 어려운 사람들을 상상치도 못한 어둠 속으로 내몰고, 약한 사람부터 위험 속으로 밀어 넣었어요.

'온라인 수업'이라는 매끈한 말이 어떤 아이들에게는 가난과 배고픔과 폭력을 의미할 수도 있다는 것도 저는 몰랐죠. '재택근무'를 할 수 있다는 것이 엄청난 특권이라는 사실도 저는 아프게 배웠어요. 일자리를 잃어버린 사람들 앞에서, 매일 가게를 빚으로 덕지덕지 발라야 하는 사람들 앞에서, 감히 무슨 말을 할 수 있을까요. 바늘 끝에 위태롭게 서 있는 사람들 앞에서 말이에요. 그뿐인가요. 코로나 이야기를 하자면 끝이 없죠. 편지를 영원히 계속 쓸 수 있을 만큼 이야기는 쌓이고 쌓이고 또 쌓여 있죠.

저를 가장 공포에 몰아넣는 건, 여기가 끝이 아닐 거라는 예보들이에요. 코로나는 겨우 시작일 뿐이라는 비관론. 하지만 '비관론'이라고 단순하게 무시하긴 어려워요. 오히려 낙관론이 어렵죠. 환경 때문에 발생한 이 질병이 다시 지구를 병들게 하고 있는 걸 매 순간 목도하고 있으니까요. 마스크는 일회용, 플라스틱으로 만들어지죠. 모두 배달이나 테이크아웃으로 밥을 먹어요. 매 끼니마다 플라스틱이 나뒹굴죠. 며칠 지나지 않아도 자기 덩치만 한 플라스틱 산을 만들 수 있죠. 어렵지도 않아요.

재앙을 예견한 사람은 없지만 재앙을 야기한 사람은 도처에

있죠. 물론 저를 포함해서요. 사방에서 경고음이 들리고 있
잖아요. 겨우 1년 동안 지구의 고통이 벌써 이만큼이잖아요.
그중 그 어느 것도 우리의 예상 범위 안에 없었고요. 당신은
예상했었나요? 저보다 훨씬 오래 산 당신은, 조금 더 멀리 예
상하는 눈을 가졌나요?

지난 1년간 유난히 포틀랜드를 자주 떠올렸어요. 코로나로
모든 여행길이 막히기 전 마지막 여행지이기도 했지만, 그곳
이 유난히 자연과 인간의 거리가 가까웠기 때문일 거예요.
어떤 도시에서도 만난 적 없는 거대한 나무를 포틀랜드에서
는 자전거처럼 쉽게 만날 수 있잖아요. 도시 어떤 지점에서
도 걸어서 10분 안에 공원에 도착할 수 있도록 도시 개발을
하고 있다는 이야기나, 건물을 한 층 더 높게 짓기 위해서는
공원용으로 땅을 더 기부해야 한다는 정책을 들었을 때 얼
마나 부럽던지요. 좀 더 본격적으로 포틀랜드의 자연을 만
나고 싶었어요. 후드산 투어 프로그램을 신청했고 폴 할아버
지, 당신을 만났죠.
그곳에서 제가 제일 많이 한 말을 기억하세요?

"I didn't expect this much(이만큼을 바란 건 아니었는데)⋯⋯."

걸음을 옮길 때마다 쏟아지는 자연에, 시선을 두는 곳마다 반짝이는 녹색의 향연에 무슨 말을 할 수 있겠어요. 후드산의 만년설에, 산을 티끌 없이 비추는 호수에 무슨 말을 더하겠어요. 새들이 제 손에 앉아 아몬드를 쪼고, 모든 것들이 저마다의 생명으로 저마다의 속도로 말을 거는데 어떤 감탄사도 구차하더라고요. 하루짜리 투어에서 바란 것 이상의 경험 앞에서 결국 제가 계속 중얼거린 말은 "이만큼을 바란 건 아니었는데……"라는 감격이었어요.

그 후 1년 동안 우리에게 일어난 일을 뒤돌아보다가 제게 그 말이 다시 찾아왔어요. 이만큼을 바란 사람은 아무도 없을 거예요. 편하게 플라스틱을 쓴 것이, 쉽게 전기를 쓴 것이, 시원하게 에어컨을 켠 것이, 자유롭게 비행기를 탄 것이, 맛있게 고기를 먹은 것이 이만큼의 재앙으로 돌아올 거라고 예상한 사람은 아무도 없잖아요. 우리의 일상이 지구를 이만큼이나 병들게 할 거라고, 지구가 다시 우리의 일상을 이만큼이나 병들게 할 거라고는 아무도 예상 못 했잖아요.
비관하고 있을 수만은 없어요. 비관은 쉽죠. 어려운 건 변화죠. 사람들을 보면 낙관하긴 힘들지만, 그날의 자연을 생각하면 비관하고 있을 수만은 없어요.

"I didn't expect this much."

그때의 제 말을 고스란히 제게 가져와서 더 많이 바라볼 생각입니다. 더 많이 바라야겠어요. 사람들에게, 무엇보다 저 자신에게. 더 급진적으로 움직여야겠어요. 제가 불편하더라도 지구가 편안한 방향으로. 당장 나아지는 게 안 보여도 지구에게 좋은 방향으로. 환경에 있어서는 아무리 급진적이어도 지구에겐 너무나도 느리고 온건한 변화일 테니까요.

언젠가 다시 후드산에 갈 수 있는 날이 오길 바라봅니다. 그때도 폴 할아버지가 저희를 안내해주시길 바라봅니다. 그때 또 이 말을 할 수 있었으면 좋겠어요. I didn't expect this much. 그리고 그때는 이 말의 의미가 완전히 달라졌으면 좋겠어요. 이만큼 제가, 인간이, 변화할 수 있을 거라고 예상하진 못했다고. 자연이 이만큼이나 빠르게 회복할 거라고는 정말로 몰랐다고. 덕분에 이 자연이 이토록 무사해서 정말 다행이라고. 웃으면서 할아버지와 이야기하고 싶어요.

그날까지 꼭 건강히 지내시길. 반드시 무사하시길 바랍니다.

2021년 1월,
한국에서 민정

Epilogue

너에게

여행이 끝나고, 다시 공항에 도착하는 순간이야. 치앙마이 길거리 매대에서 신중하게 골라, 기세 좋게 흥정한 너의 날염 바지는 무채색의 겨울옷들 속에서 지나간 유행가처럼 펄럭펄럭 노래하고 있어. 바지를 좀 갈아입고 올 걸 그랬나 머쓱해하는 순간, 여행 가방이 컨베이어 벨트에 모습을 드러내지. 반짝이던 모든 것이 놀라울 정도로 빠르게 빛을 잃어가. 평소에도 잘 할 수 있겠다 싶었던 반지도 부자연스럽고 대책 없는 취향으로 판명 나지. 보물이라도 될 것처럼 꽁꽁 챙겨 온 기념품도 무거운 짐짝으로 취급받을 뿐이야. 모든 것에 '잊어라'라는 선고가 내려지지. 떡 진 머리와 몽롱한 정신과 천근만근인 몸은 그 선고를 이행하기에 최적의 조건이야. 얼른 집에 가서 씻고 편하게 자고 싶다는 욕망만이 간절할 뿐이야.

공항 밖으로 나서면 갑자기 무대 조명이 꺼지고 관객석에 형광등이 켜진 것 같은 그 돌연한 환기. 진짜 계절이 발톱을 세우고 너의 얇은 날염 바지를 할퀴거나, 대책 없이 두꺼운 니트 사이로 습기가 촘촘히 새겨지지. 어디론가 계속해서 떠나는 버스들과 버스에 분주히 짐을 싣고 더 탈 사람 없냐고 소리를 지르는 아저씨들, 빠르게 티켓을 사고 줄을 서는 사람들, 그 사이에 오차 없이 편입을 해야 해. 그것이 너의 첫 일상 적응 훈련. 짐을 싣는 아저씨가 건네주는 티켓은 잃어버리지 않도록 단단히 쥐고 있다가, 목적지에 도착하면 벨을 누르고 운전기사분에게 신속하게 건네야 해. 이 시스템은 결코 누구를 봐주지 않거든. 빠르게, 정확하게, 오차 없이. 여기에 막 끝난 여행을 돌아볼 여유는 없어.

이상한 일이지? 집에 들어오는 순간, 그 어떤 여행지에서의 파도보다 더 큰 안도감이 밀려온다는 건. 어떤 풍경 앞에서도 내쉰 적 없는 가장 편안한 숨을 집에서 내쉰다는 건. 여행가방의 작은 바퀴가 기억하는 그 많은 낯선 길들과 운동화 바닥이 기억하는 각양각색의 감동을 너는 내팽개쳐버리지. 아무래도 상관없지. 무사히 집에 돌아왔으니까.

집에 대한 사랑이 유난한 너에게 지금 그 사실보다 더 중요한 건 아무것도 없지. 지독한 집순이에게 깃든 간절한 여행자의 영혼이라니. 모두가 어느 정도는 다른 자아를 데리고 살지만, 너의 경우엔 양쪽 다 유난이지. 집순이도 한 고집하고, 여행자도 결코 목소리를 죽이지 않지.

코로나로 집에 있어야만 한다는 선고를 받았을 때 가장 안도한 건 집순이였고, 가장 당황한 건 여행자였지. 둘 다 네 안에서 소리를 질렀잖아. 집순이는 환호를, 여행자는 절규를.

여행자는 당장 그만둬야 할 습관이 많아졌어. 답답할 때 항공권 검색하는 것도, 수시로 구글 지도를 탐방하는 것도, 에어비앤비로 집 구경을 하면서 여행 계획을 세우는 것도, 언제 가게 될지도 모를 도시의 정보를 찾는 것도, '언젠가 거기 가게 되면'이라는 가정법으로 시작하는 문장을 쓰는 것도, 모두 의미를 잃어버렸지.

여행 가는 것만큼이나 여행 준비를 좋아하는 너로서는 삶의 한쪽에 날카로운 절벽이 생겼지. 멕시코, 터키, 몽골, 스웨덴, 러시아. 이런 이름들 앞에서 너는 그곳에 가기 가장 좋은 나이는 언제일까 답도 없는 계산을 했잖아. 리스본, 파리, 랑카위, 우붓, 피렌체, 교토. 다시 그곳에 가게 된다면 뭘 해볼까 끝나지 않을 리스트를 써 내려갔잖아. 그 모든 것이 순식간에 과거의 꿈이 되어버렸어.

어느 날은 문득 두려움이 찾아왔어. 어쩌면 우리는 자유롭게 여행할 수 있었던 마지막 인류가 아닐까라는 생각이 그 시작이었어. 부모 세대는 여행이 금지된 시대를 살았고, 앞으로의 우리에게도 여행의 자유는 없을 테니. 어쩌면 인류 역사의 유일한 '여행기'에 운 좋게 살아본 게 아닐까. 이토록 달콤한 열매를 따 먹었던 우리 세대는 여행의 맛을 잊을 리가 없고, 어떻게든 여행을 되살리려고 노력하지 않을까? 다른 식으로라도 여행을 이어가려 하지 않을까?

비관과 낙관을 오가는 그 생각 위로 어느 날 진짜 비행기가 떴어. 어디에도 도착하지 않고, 다만 다른 하늘을 떠돌다가 다시 착륙하는 비행기였지. 네 예상대로 코로나 시대의 여행 상품이 발명된 거야. 너보다 여행이 더 간절한 사람이 있었던 거야.

고작 여행 못 가는 걸로 이렇게 힘들어해도 되는 걸까, 너는 생각하지. 코로나로 인해 누군가는 사랑하는 사람을 잃고, 누군가는 생이별을 하고, 누군가는 진물이 흐르고, 누군가는 가게 문을 닫고, 누군가는 일자리를 잃고, 누군가는 하루 한 끼 먹는 것도 힘들어지는데, 여행 그까짓 게 뭐라고. 맞아. 고작 그런 걸로 힘들어하며 징징거린다는 건 염치가 없지. 인류애가 바스러지는 그딴 짓은 그만두자고 스스로에게 말했지. 여행 이야기는 그만하자고. 그때,

영상을 하나 보았지. 자신의 발코니에 나와 노래를 부르는 사람을. 악기를 연주하는 사람을. 그 사람의 노래에 맞춰 춤을 추는 사람을. 가만히 박수를 치는 사람들을.

그곳이었어. 언제나 네가 다시 갈 수 있다고 믿었던. 언제든 그곳에서 나를 기다려줄 거라 믿었던. 네가 사랑했던 그곳

들. 그곳의 사람들. 모든 것이 끝났다고 생각한 순간 다시 희
망을 가져야 하는 이유가 눈앞에 있었어. 끝난 건 아무것도
없는 거야. 우리는 그런 식으로 끝낼 수 있을 정도로 간단한
존재가 아니야. 마음의 흙을 털고, 끈을 다시 묶고,

우리, 다시 여행을 하는 거야.

시간 속에서, 기억 속에서. 이미 네게 기억이 많잖아. 우리는
우리를 잊지 못하잖아. 곱씹고 싶은 얼굴도, 혀끝에 미세하
게 남은 맛도, 한없이 헤매고 싶던 오전도, 더 바랄 게 없다
싶었던 오후도, 웃다 지친 밤도, 잠들고 싶지 않던 새벽도,
네 속에 다 남아 있잖아. 여행 가방이 턱턱 퉁기던 돌길도,
해보다 먼저 올랐던 성곽도, 비가 오던 숲길도, 구원처럼 나
타났던 찻집도, 아주 다 사라진 건 아니잖아. 그곳을 여행하
는 거야. 생생하게 되살리는 거지. 좋아하는 사람이 먼저 움
직일 수밖에 없어. 간절한 사람이 더 부지런해질 수밖에 없
어. 여행을 좋아하는 네가, 먼저 여행을 시작하는 거야. 좋아
하는 여행을 구하기 위해, 떠나는 여행이야. 가장 좋아하는
집에 앉아서 가장 멀리 떠나보자. 그러기에 딱 좋은 시간이
우리에게 도착한 거야. 문득 기억이 간절해지는 시간이 찾아
오면 다시 또 펜을 들자. 편지를 쓰는 거지. 여행을 사랑하는

너에게. 아무래도 여행만은 포기할 수 없는 너에게.

이 시간을 건너면 다시 여행이 찾아올 거야. 봄꽃처럼 돌연 피어날 거야. 마치 계절의 흐름을 믿듯이 여행의 생명력을 믿자. 다시 여행 가방을 싸는 그날까지 몸도 마음도 건강하길.

2021년 봄
민철

우리는 우리를 잊지 못하고

초판 1쇄 발행 2021년 4월 5일
초판 6쇄 발행 2021년 6월 21일

지은이 김민철
펴낸이 강일우
본부장 윤동희
책임편집 이지은 고나리
디자인 장미혜

펴낸곳 ㈜미디어창비
등록 2009년 5월 14일
주소 04004 서울 마포구 월드컵로12길 7 창비서교빌딩
전화 02) 6949-0966 **팩시밀리** 0505-995-4000
홈페이지 books.mediachangbi.com
전자우편 mcb@changbi.com

ⓒ 김민철 2021
ISBN 979-11-91248-11-1 03810

• 이 책 내용의 전부 또는 일부를 재사용하려면
  반드시 저작권자와 ㈜미디어창비 양측의 동의를 받아야 합니다.
• 책값은 뒤표지에 표시되어 있습니다.
• 인쇄·제작 및 유통상의 파본 도서는 구입하신 서점에서 바꿔드립니다.